T0303578

Black Soul

Para David, habitante de mundos virtuales,
de vez en cuando

Editorial Bambú es un sello
de Editorial Casals, SA

Casp, 79 – 08013 Barcelona
Tel.: 902 107 007
editorialbambu.com
bambulector.com

Ilustración de la cubierta: Toni Deu
Diseño de la colección: Miquel Puig

Tercera edición: julio de 2021
ISBN: 978-84-8343-306-5
Depósito legal: B-16334-2014
Printed in Spain
Impreso en Anzos, SL
Fuenlabrada (Madrid)

El papel utilizado para la impresión de este libro procede de bosques gestionados de manera sostenible.

Black Soul

Núria Pradas

Primera parte

Luces

1

Aquel día no había sido mejor que los demás.

Bueno, ni tampoco peor.

Había sido un día normal, a saber: con sus seis horas de aburridas clases, y sus pequeños intervalos de libertad vigilada que yo dedicaba a escuchar mi iPod, sola, en mi rincón del patio.

Todo el día esperando.

Esperando oír el timbrazo que marcaba el fin del suplicio.

¡Queridísimo timbre!

Me fui para casa gastando zapatillas. Como cada día. Tarareaba una melodía pegadiza, una muy de moda. Si alguien me hubiera visto en aquel momento, habría pensado que yo, Laura Castillo, era una chica normal y corriente. Una chica como las demás chicas de trece años.

Pero no. En eso todo el mundo (el mundo que me conoce, claro) parece estar de acuerdo: soy rarita.

En casa no había nadie. Nunca hay nadie en casa a esas horas.

Hice lo de cada tarde. O sea, tirar rápidamente la mochila, que me tiene la espalda martirizada, encima del sofá, y entrar zumbando en mi habitación, conectar el ordenador y teclear la contraseña.

En pocos segundos, la pantalla se iluminó. Eso también pasaba cada tarde, gracias a Dios.

Corrí a la cocina para prepararme una merienda rápida. Cereales con leche, como de costumbre.

Al volver a la habitación, y mientras recorría el pasillo y engullía una cucharada colmada de cereales, tuve la mala fortuna de ver mi propia imagen reflejada en el espejo de marco dorado que mamá se empeña en tener colgado en ese lugar tan inapropiado, a saber por qué.

Me tragué los cereales sin masticar ni nada. Ya no me acordaba de lo fea que era. A veces, se me olvidaba.

Salí disparada hacia la habitación, a la carrera. No quería tener que contemplar ni un segundo más a esa adolescente delgaducha en fase de crecimiento; esa niñata sin formas, lisa como una tabla de surf; más pálida que un vampiro con hambre, con ojos de lechuza marrones. Y pelo lacio. Y marrón.

Y es que toda yo soy marrón. Fea. Eso sin abrir la boca; porque cuando la abro... entonces no soy fea. ¡Soy feísima! ¿O es que hay alguien a quien le sienten bien unos *brackets* horribles sobre unos dientes que parecen querer escaparse de la boca?

Cerré de un portazo, esperando que la Laura del espejo se quedara fuera. Dejé la taza de cereales encima de la mesa, al lado del ordenador. Había llegado la hora de mi liberación. Tecleé la dirección del sitio de reunión virtual:

TEEN WORLD

Luego escribí el nombre de usuario y la contraseña.

Login: BLACK SOUL
Contraseña: lc2001

La pantalla del ordenador se oscureció para explotar, unos segundos después, en un estallido de color.

Mi corazón empezó a tamborilear alegremente mientras mi avatar aparecía en pantalla y me miraba, invitándome a vivir mi otra vida.

Laura Castillo empezaba a licuarse como un helado de fresa que te has dejado al sol.

■ ■ ■

Black Soul movió la cabeza de un lado a otro, entornando sus grandes ojos verdes. Llevaba el pelo, negrísimo, cortado en mechones de longitud desigual. Algunos le caían por la frente, jugueteando alegres ante sus ojos, con estudiada rebeldía. Las luces de neón pintaban reflejos azules sobre los negros cabellos.

Vestía unas mallas negras, un body brevísimo y una cazadora tejana con agujeros.

Empezó a andar con pasos firmes y seguros.

Black Soul era toda decisión.

Mientras se dirigía hacia el local social de siempre, Full Board, fue cruzándose con una serie de personajes variopintos. A algunos los conocía. A otros no los había visto jamás.

Bajó los peldaños y entró en el local.

Empezaba a estar bastante concurrido.

El suelo se encendía y se apagaba bajo sus pies.

La música estaba demasiado baja para su gusto.

■ ■ ■

Subí el volumen de los altavoces, sin apartar los ojos de la pantalla ni un instante.

Ahora estaba mucho mejor.

■ ■ ■

Black Soul empezó a mover la cabeza siguiendo el ritmo trepidante de la música.

Barrió el local con una mirada intensa y curiosa.

Había gente que se agrupaba alrededor de las mesas altas en forma de tubos de colores fluorescentes. Parecían hablar.

Otros bailaban o jugaban con los simuladores.

Avanzó unos cuantos pasos más. De pronto, se detuvo. Unas muchachas tatuadas se cruzaron en su camino. Black las tenía vistas. Eran tres y siempre iban juntas.

■ ■ ■

Esos tres avatares, los de las chicas tatuadas, me daban repelús. No me gustaban. Quizás eran manías mías; o, quizás, una remota intuición sin fundamento, porque la verdad es que ni siquiera había cruzado una palabra con ellas. Nunca.

■ ■ ■

Black Soul pasó de largo y se dirigió hacia una de las pistas de baile. Charlotte Runny bailaba tan concentrada en ajustar el movimiento de su cuerpo al ritmo de la música que ni la vio.

Black empezó a mover las caderas. Los brazos subían arriba, arriba... las manos serpenteaban dibujando espirales en el aire.

Cerró los ojos y la música se le metió en el cuerpo.

Hasta que sintió que una mirada se le clavaba encima.

2

Black Soul abrió los ojos. Quien tan descaradamente la miraba era un avatar masculino a quien no había visto nunca por allí. Llevaba el pelo rojo peinado hacia arriba, de punta, en mechones que parecían flechas de fuego. Llevaba unos tejanos rotos, una camiseta de tirantes tan agujereada como los pantalones y los ojos ocultos tras unas enormes gafas de sol con cristales azules.

■ ■ ■

De repente, un conocido pitido me avisó de que alguien quería chatear conmigo. Fijé los ojos en la pantalla:

Jack Sparrow: ¿Quién eres?
Black Soul: ¿Acaso no sabes leer?
Jack Sparrow: ¿Quieres bailar?
Black Soul. Ya estoy bailando.

■ ■ ■

«¡Qué dura soy!», me dije para mí misma; y me parece que se me escapó una sonrisa.

Los cereales habían quedado remojados en el olvido. Me arrellané un poco más en el asiento, mientras esperaba que ese nuevo e interesante habitante del mundo virtual me respondiera (si se atrevía) con un nuevo mensaje al chat.

Y, entonces, oí como se abría la puerta y entraba mamá en casa.

«¿Ya?», pensé mientras miraba de reojo la hora en la pantalla del móvil. Tenía que desconectarme. Aquello puso punto y final a mi buen humor.

Cuando mamá entró en mi habitación me encontró estudiando, con la cabeza hundida en el libro de sociales.

El ordenador estaba apagado. Esas eran las normas.

Mamá me preguntó algo sobre las clases y yo le respondí lo de siempre. Luego, la conversación derivó hacia el menú de la cena.

Después volví a quedarme sola. Sabía que entre poner la lavadora y empezar a preparar la cena, eso si es que no había ropa que planchar, pronto mamá olvidaría que tenía una hija.

Ese sería el momento de volver a meterse en la piel de Black Soul. Un poquito. Solo un poquito más.

Pero Jack Sparrow ya no estaba.

La verdad es que me quedé un poquitín decepcionada.

Transporté a Black Soul a una playa bastante solitaria.

Nos quedamos mirando el mar un rato.

Cuando, al ir a dormir, apagué la lamparilla de la mesita de noche, aún tenía el rojo cabello de Jack Sparrow clavado en la retina.

3

Había oído hablar por primera vez de los chats virtuales para adolescentes en el instituto.

En mi instituto hay de todo, como en un zoo, y, desde luego, también hay los típicos colgados de ese tipo de chats. Se reunían en un café cercano, donde pasaban las horas muertas chateando en los ordenadores del local o en sus propios portátiles. El nombre del local era para no perdérselo: «Cyber World».

Original de la muerte.

Nunca me han gustado las concentraciones humanas; quizás por eso solo había estado allí una vez, más que nada para dejar satisfecha mi curiosidad innata. Pero la verdad es que como en casa no se chatea en ninguna parte.

Eso, lo de la visita al Cyber World, fue cuando me acababan de regalar el ordenador. Me lo regaló papá, claro. Aún tenía la conciencia hecha polvo por haberse largado de casa de aquella forma, de un día para otro, sin explicaciones ni nada. ¡Y todo para irse a vivir con una compañera de trabajo que podía ser su hija! ¡O casi!

Bueno, de algo me tenía que servir tener un padre que no se ocupa nunca de una. ¿O no? De vez en cuando, cae un regalo «limpiaconciencias concentrado». Mamá, la pobre, no me habría podido comprar un ordenador como ese ni aunque habría trabajado dos turnos más en la clínica.

Quizás mamá sintió rabia ante aquella especie de soborno cibernético; ¡a saber!, porque los adultos, sobre todo los separados con mal rollo, son muy raritos. La cosa fue que en cuanto lo vio en casa empezó a poner normas: que solo había que usarlo para estudiar; que los fines de semana, descanso; que de jueguecitos, nada de nada... ¡Parecía odiar el ordenador!

Pero es fácil saltarse las normas en esa casa tan descabezada en la que vivo.

Y así fue como, en mis largas horas de soledad doméstica, empecé a hurgar en los chats. Más por curiosidad que por otra cosa. Para no ser menos. Ahora, también una servidora tenía un superordenador personal y podía hacer con él lo que quisiera. (Siempre y cuando mamá siguiera estando en babia, claro.)

Y aunque primero tuve mis reservas, acabé colgándome totalmente del chat. Mamá, de haberlo sabido hubiera dicho que «me sorbió la voluntad».

Empecé por crear un avatar parecido a mí. Bueno, sin los *brackets*, claro está. Y con los ojos verdes. Y más alta. Y con más curvas.

Enseguida me convertí en una experta y descubrí lo divertido que era jugar con un avatar. Ir diseñándolo. Cambiándolo. ¡Cambiándome!

¡Era genial!

Así nació Black Soul, que pronto se convirtió en una de las asiduas a aquel mundo. Una, y no es porque yo lo diga, de las más admiradas y buscadas de Teen World.

Y es que Black Soul era la leche.

4

A veces, pensaba con cierta aprensión que ya que la primera vez que había oído hablar de Teen World había sido en el instituto, era probable, por no decir seguro, que detrás de mis amigos virtuales se escondieran algunos compañeros de clase. O de instituto.

Pero ¿quiénes podían ser? No suele pasar en un mundo virtual que la gente revele su identidad. Todo el mundo se esconde detrás de su avatar, como yo.

Cuando me daba la neura, me pasaba una clase entera con los ojos clavados en algún compañero o en alguna compañera, intentando adivinar cómo sería su avatar.

Y me entraba la risa floja al pensar que no podía haber nadie en el mundo que fuera capaz de adivinar quién se escondía detrás de Black Soul.

Más de una vez, y de dos, algún profe me había pillado in fraganti, con la sonrisa colgada de los labios, como una mueca, y me había caído ración doble de ejercicios.

Lo cierto es que siempre llegaba a la conclusión de que lo más seguro era que hubiera poca gente de mi clase en el chat. Porque la gente de mi clase era de lo más vulgar. Y, en cambio, en el chat...

Precisamente, aquel día del que hablábamos al principio, aquel día que no había sido ni mejor ni peor que los demás, me había pasado la clase de lengua sumida en esos pensamientos. Quizás por eso, la clase hasta se me había hecho corta. Claro que no me había enterado de nada de lo que se había hablado allí. De eso, mamá diria «perder el tiempo supinamente».

Estaba recogiendo el material de clase que tan poco había utilizado cuando oí que alguien hablaba a mi espalda.

–Per... perdona...

Me asusté. No era muy normal que la gente se me acercara y se dirigiese a mí si no era por equivocación.

La cara de un chico llena de acné juvenil estaba, más o menos, a dos dedos de la mía. Y sí, se dirigía a mí.

Di un paso para apartarme de quien así se atrevía a invadir mi soledad, tropecé con las patas de la silla y el libro que él sujetaba con las dos manos cayó al suelo con gran estrépito. Nos agachamos los dos a la vez para recogerlo. Con las prisas, nos dimos un buen coscorrón.

–¡Auuuuuu!

–Per... perdón –dijo el intruso en un susurro mientras se frotaba la cabeza. Yo recogí el libro del suelo. SU libro. Era el libro de mates, pero tenía la cubierta pintarrajeada con ilustraciones que me recordaron una peli de piratas, con barco bucanero, ojos con parche, loro verde, patas de palo y demás. En el centro, habían dibujado dos iniciales enormes adornadas con toda suerte de florituras: MG.

–Migue García –me aclaró.

Yo le acerqué el libro sin soltar prenda.

–Mi nombre. Migue Gar... cía...

Repitió como si servidora fuese sorda del todo.

–Ya... Bueno... –dije, poniendo cara de palo.

–Solo quería saber si me podías pasar los apuntes de mates de ayer. Es que no vine a clase –insistió.

Roja como un tomate, me apresuré a guardar los libros en la mochila a velocidad supersónica, preguntándome, para mis adentros, por qué me pedía los apuntes precisamente a mí con la de gente que había en clase.

–Bueno... pues lo siento, pero no los tengo –dije a media voz y con la boca casi cerrada. Y es que desde que me habían puesto los *brackets* siempre hablaba así, en susurros, y, desde luego, no sonreía nunca.

Miré a Migue García de reojo, intentando adivinar sus malas intenciones; seguro que aquel conato de acercamiento no era más que una burla. Una broma de mal gusto. Cargando la mochila a la espalda, eché a correr como alma que lleva el diablo.

Creo que él se quedo ahí, de una pieza, preguntándose qué había hecho mal. Aunque no estoy segura, porque no volví la vista atrás para nada.

5

Ya habían pasado un par de semanas desde que Black Soul y Jack Sparrow se encontraban a diario en el chat. Es decir, desde que yo me encontraba a diario con mi nuevo amigo de pelo rojo en el chat.

Le había hecho un vestuario nuevo a Black. ¡Una pasada!

Jack, a su vez, se había tatuado un corazón en el antebrazo derecho. Era un detalle que me había llenado de emoción.

La vida virtual me sonreía.

Nuestras conversaciones eran cortas pero intensas. Juntos, habíamos visitado nuevos lugares que Teen World nos ofrecía, desconocidos para ambos.

Sencillamente, nos encontrábamos muy a gusto juntos.

Pero esa nueva amistad no le parecía bien a todo el mundo.

Solo un par de días antes, Black se había cruzado con las tres muchachas tatuadas. La que parecía llevar la voz cantante, la más alta de las tres, la de los tatuajes más impresionantes y pelo rosa chicle, la detuvo con malas formas. Las otras dos se colocaron detrás, provocándome una desagradable sensación de acorralamiento.

Me quedé de una pieza al leer el mensaje en la pantalla:

■ ■ ■

Klar Pink: Cuidado con ese nuevo amigo; no nos mola nada.

■ ■ ■

¿Con qué me salía aquel bicho raro, ahora? Estuve tentada de no contestar. Pero eso habría sido una cobardía.

■ ■ ■

Black Soul: ¡Sal de mi camino, tía!

■ ■ ■

Las manos de Black Soul se alargaron en un gesto un poco mecánico, mientras que en su rostro se pintaba la irritación. Pero eso no pareció asustar a las tres tatuadas.

■ ■ ■

Black Soul: ¡Que salgáis de en medio!

■ ■ ■

Ellas se apartaron lentamente y conduje a Black Soul hacia su destino, dignamente.

Nunca me había pasado una cosa así en el chat; pensaba que todos éramos colegas, pero, por lo visto, como en la vida real, también allí había quien tenía malas pulgas y estaba dispuesto a fastidiarla a una en menos que canta un gallo.

Me quedé un poco tocada, la verdad. Pero todo fue ver a Jack y olvidarme del desafortunado encuentro.

La tarde fue magnífica y, como se suele decir, las palabras se las lleva el viento. Y los mensajes desagradables, también. No volví a pensar en los avatares tatuados.

Y Black Soul, tampoco.

6

Hacía ya tres días que Jack Sparrow no aparecía por el chat.

Yo no me lo podía creer.

La última tarde que pasamos juntos había sido magnífica. Black Soul y él habían estado bailando en el Full Board y ella le había presentado a sus amigos. Había, habíamos quedado en vernos al día siguiente.

Claro que tres días no eran nada.

Podía ser que Jack Sparrow, bueno, que quien hubiese detrás de Jack Sparrow, estuviera enfermo.

Claro. ¿Cómo no se me había ocurrido antes?

Volví a mirar la pantalla.

Black Soul parecía tan triste como yo.

«Qué tontería», pensé para mis adentros, «Black no conoce la tristeza. En su mundo solo hay sitio para la diversión.»

Por primera vez en mucho tiempo, no sabía qué hacer.

El mundo virtual se había vuelto extrañamente solitario y aburrido sin Jack.

Me puse a pensar en quién debía haber detrás de ese nuevo avatar, simpático y de cabellos rojizos. ¿Cómo debía de ser?

El pitido me asustó. Leí en la pantalla:

■ ■ ■

Charlotte Runny: Hola. ¿Y tu amigo? Ese tío que está tan bueno...

■ ■ ■

Rápidamente, sin pensar, tocando las teclas adecuadas, hice que Black Soul encogiera los hombros en un gesto de interrogación. Me la llevé de allí. No tenía yo muchas ganas de iniciar una conversación con nadie.

■ ■ ■

Charlotte Runny: Es tope enrollado, tía.

■ ■ ■

«Sí, tope enrollado, pero me ha dado plantón.»
Y me desconecté.

7

Mi estado anímico entró en fase de alerta roja cuando se cumplió una semana de la «desaparición» de Jack Sparrow. Aquello era una deserción en toda regla.

¿Qué podía pensar, una servidora?

Evidentemente, que mi «amigo» había encontrado aquel mundo virtual aburrido y había decidido tirar millas. Lo cual equivalía a decir que había encontrado aburrida la compañía de Black Soul.

¡Increíble! La sola idea me hacía subir los colores a la cara.

«¿Qué se habrá creído?», me decía para mis adentros. «Por qué fingió que se encontraba bien conmigo? Bueno... con Black.»

Se había burlado de mí, no me cabía ninguna duda.

Una idea horripilante cruzó por mi sesera. ¿Y si...? ¡Oh, no! ¿Y si era alguien del instituto que había descubierto la identidad de Black Soul? ¿Y si se enteraba todo el insti... todo el barrio... todo el mundo de que yo... de que ella...?

¡NO! ¡NOOOOO!

Era una idea absurda. Me estaba volviendo paranoica. Nadie en este mundo podría imaginar, por mucha imaginación que tuviese, que Black Soul era yo.

Pero, entonces ¿qué había pasado con Jack Sparrow?

Me aparté de la pantalla y me dejé caer en la silla, impotente. Durante días había soñado con un nuevo encuentro con Jack Sparrow. Si él me fallaba, ¿qué me quedaba? Aquel mundo que antes me parecía divertido, qué digo, divertido: ¡fascinante!, ahora, sin él, ya no era nada.

Noté la humedad de una lágrima deslizándose por mi pálida mejilla. Me la sequé con rabia.

Volví a fijar la mirada en la pantalla. Me pareció ver que Black Soul hacía gestos con la mano. Absurdo. Yo no había movido ni una tecla.

Me froté los ojos con fuerza y volví a mirar la pantalla.

Black Soul me miraba con impaciencia, las manos apoyadas en las caderas. Avanzó unos pasos y pude ver su rostro agigantarse y ocupar toda la pantalla.

Mi corazón se puso a trotar violentamente. ¿Quién estaba moviendo a Black Soul? Porque, claro, ella sola no podía hacerlo.

De pronto, oí una voz:

–¿Es que no piensas hacer nada, chica? ¿Solo quedarte ahí sentadita, llorando?

Abrí la boca, pero mi garganta se negó a emitir ni un solo sonido. No lo podía entender. Mi avatar se movía y hablaba solo. Aquello era, simplemente... ¡imposible!

–Ya había notado que eras un poco... cortadita.

Black Soul avanzó un poco más. Sus enormes ojos verdes ocupaban, ahora, casi toda la pantalla.

–Tenemos que hablar –dijo, retrocediendo de nuevo.

No me moví. No pude. ¡Estaba tiesa! Me tapé los ojos, esos dos ojos marrones tan sosos que tengo, con las dos manos.

–¡¡¡Tía!!! –gritó Black Soul, enfadadísima.

Ese grito removió, quizás, algún resorte interno de mi aturrullada mente. Estaba segura de que se me habían fundido todos los plomos. Y, aun así, mis manos seguían cubriendo esos dos ojos que se negaban a ver.

8

No veía nada.

Nada de nada.

Mis ojos seguían cerrados, empeñados en ignorar aquel fenómeno paranormal.

Cuando por fin los pude abrir, me encontré con la conocida figura de Black Soul, mi avatar, en la pantalla. Estaba inmóvil, como esperando órdenes. MIS ordenes. Quizás todo había sido fruto de mi imaginación enfermiza. Nada parecía estar fuera de lugar. Nada; hasta que Black empezó a andar sola, dio unos pasos hacia atrás y mis manos empezaron a temblar incontroladamente, al ritmo de mi corazón convertido en un tam-tam. ¡Black seguía moviéndose sola! ¡Sin mi intervención!

¿Qué diantres estaba pasando?

Black Soul, los brazos en jarras, no dejaba de observarme con mirada socarrona.

–Bueno ¿qué tal? ¿Repuesta ya de la sorpresa?

–Yo...

–¿Podemos hablar de una puñetera vez?

Volví a mi estupefacción y no contesté. Es que no me salía la voz. El cerebro, mi cerebro, en cambio, parecía estar haciendo horas extras. En décimas de segundo, las ideas y pensamientos se me agolparon en la cabeza, haciendo cola para salir y ofreciéndome un sinfín de posibles respuestas a aquel dilema:

«¿Es esto la realidad?»

«¿Estoy soñando despierta?»

«¿Estoy soñando dormida?»

«¿Soy de verdad?»

Sin apartar la mirada de la pantalla en la que Black Soul, mi avatar, seguía moviéndose sin contar para nada conmigo, como si hubiera cobrado vida propia, me pellizqué.

Me dolió.

«Sí, estoy despierta», me dije frotándome el brazo. Y me miré de arriba abajo. Llevaba los tejanos viejos y la camiseta de «I LOVE Santander» que me había regalado mi prima santanderina y que llevaba puesta desde esa mañana.

Todo parecía indicar que yo seguía siendo Laura Castillo. Que estaba viva y despierta.

–Bueno, chica –dijo Black Soul, interrumpiendo el curso de mis cavilaciones–. ¿Sabes?, tenemos un problema.

Se me escapó un grito y una palabrota.

–¿Te pasa algo? ¿Me sigues?

–Te sigo... un problema... tenemos un problema...

Black Soul alzó los ojos al cielo con gesto de resignación.

–Supongo que te has dado cuenta de que Jack Sparrow ha desaparecido.

Dijo esto último en un tono como de reproche. Yo me afané en contestar:

–¡Oh, sí!

Mi avatar echó una rápida ojeada a su alrededor.

–Será mejor que busquemos un sitio más tranquilo donde poder hablar.

Iba yo a hacer lo mismo, es decir, a echar una ojeada a mi alrededor, cuando noté que Black se alejaba. El corazón me dio un vuelco.

Se estaba elevando. De nuevo, sola. ¡Sin mí! Ahora no era yo quien conducía a mi avatar por el chat; era ella quien me abría nuevos y desconocidos paisajes en ese mundo virtual que yo creía conocer.

9

Black Soul, solita, empezó a descender sobre una superficie rocosa.

–¿Dónde estamos? –le pregunté pegada a la silla–. Quiero decir... ¿por qué tú...? ¿Por qué yo...?

–Chica, estás en el mundo virtual. ¿Lo pillas?

En aquel momento, no lo pillé. ¡Qué iba yo a pillar si hasta me costaba respirar!

Mi avatar empezó a avanzar por aquella especie de desierto. Yo la seguí, el corazón en un puño, y sin hacer otra cosa que mirar, hasta que vislumbramos un complejo de edificios. Parecía una urbanización en medio de la nada.

A medida que se iba acercando, pude ver que en uno de los edificios, el más grande, parpadeaban las luces rojas y azules de un gran cartel.

–¿Es un local social como Full Board? –le pregunté.

–Bueno... algo parecido –respondió Black–. Es el local social más solitario de... ¡OH!

Black Soul se tapó la boca con una mano. Y era evidente el porqué de su asombro. En la puerta del local había una docena de avatares. Todos se giraron a mirarla.

–¡Vaya!, por lo visto el local social más solitario de Teen World se acaba de poner de moda. No me gusta... Esto no me gusta nada.

–Pero... ¿Por qué? ¿Crees que nos están siguiendo o algo así?

Black Soul levantó la barbilla y aceleró el paso.

–En fin, no importa. Vamos dentro.

Ciertamente, aunque el paisaje exterior era totalmente distinto, aquel local no se diferenciaba mucho del Full que Black y yo solíamos frecuentar tarde sí, tarde también. Quizás la decoración era un poco más sencilla, pero, aun así, no faltaban los conjuntos de sofás y pufs colocados en círculo para propiciar la charla, los simuladores de velocidad y hasta el teclado electrónico, con teclas de vivos colores, en el suelo para tocar con los pies.

Mi avatar se desplazó por el local hasta llegar a un rincón solitario. Había un sofá rinconero y una pequeña mesita que brillaba gracias a los vasos de tubo, con bebida verde fosforito, que había encima.

Cogió uno.

–¿A qué sabe? –pregunté curiosa.

Siempre me habían llamado la atención aquellas bebidas brillantes y burbujeantes que se consumían en los locales. Nada de alcohol, por supuesto; aquello era un chat para menores. Pero ¿a qué sabrían?

Black Soul negó con la cabeza.

–¿Saber? A nada.

Noté que las mejillas se me encendían. ¿Por qué sentía yo ese complejo de inferioridad delante de ella? O, dicho con otras palabras, ¿por qué me sentía idiota delante de mi avatar?

–Virtual... chica... virtual, ¿entiendes? Aquí todo es virtual.

Empezaba a entender.

Black Soul se había quedado extrañamente silenciosa. Parecía perdida en sus pensamientos.

–Bueno... o casi todo. Porque lo que yo sentía por ese chico... lo que sentíamos los dos...

Subí la voz más de lo que la prudencia señalaba.

–¿Estás enamorada de Jack Sparrow?

Me clavó sus gatunos ojos encima. De nuevo la fuerza de su mirada atravesaba la pantalla. Otra miradita como aquella y me quedaría convertida en un fiambre.

–¡Pues claro! ¿Es que aún no te has dado cuenta?

Iba a contestar, pero supe callar a tiempo. No le podía decir a Black que era yo quien se había enamorado del chico. Porque, claro, el chico era un avatar; Black era un avatar. Y yo era una tonta de remate que había confundido la realidad con la ficción.

–Sí... –casi suspiré por fin–, la verdad es que se os veía muy enamorados.

– ¿Y a que hacíamos una pareja increíble?

–Increíble... sí...

Black Soul se acercó tanto a la pantalla que si hubiera tenido aliento se me habría pegado a la nariz.

–Y ahora ha desaparecido.

–Ya...

Se apartó de nuevo y se arrellanó en el mullido sofá. Empezó a tamborilear con los dedos sobre la mesa. Estaba pensando, por lo visto.

–Debemos encontrarlo enseguida.

–Sí...

En aquel preciso momento, un destello de lucidez cruzó por mi maltrecho cerebro. ¿Qué estaba haciendo yo allí, sentada en mi silla, en mi habitación y dándole palique a un avatar que parecía funcionar independientemente de mi voluntad? Y, encima, ¿acatando sus órdenes como si fuera un ser superior y divino?

Me levanté de un salto.

–¿Se puede saber qué estás diciendo? –pregunté casi gritando–. TU Jack Sparrow no ha desaparecido ni vamos a buscarlo, ni... ni nada de nada.

–Sssssshhhhh...

A mí ya no me paraba nadie.

–Para que te enteres, TU Jack Sparrow es un avatar que alguien se ha inventado; detrás de él hay un loco, o una loca, vete tú a saber, que se pasa las horas muertas en este mundo de pega donde el aire no te da en la cara y no hay nada en los vasos y...

–Baja la voz... –susurró Black, lanzando miradas a su alrededor.

–¡No me da la gana! –grité aún más–. Y para que te enteres, tú también eres un avatar; o sea, que no eres nada; eres de broma, ¿lo pillas?, DE BRO-MA...

Mi avatar no me hizo ni caso. Para mí, que no me escuchaba ni nada. ¡Con lo bien que me había quedado el discursito! Y es que tenía la mirada fija en tres bultos que se acercaban hacia ella con pose amenazadora.

Eran las tres chicas tatuadas.

Sin mediar palabra, Black se levantó y echó a correr, arrastrándome virtualmente por un angosto pasillo, oscuro y desnudo.

Una puerta metálica NOS cerró el paso.

Black Soul levantó ambos brazos, tomó aire, gritó de una manera horrorosa y, de una patada, echó la puerta al suelo.

Me quedé atónita. Siempre he pensado que lo más sencillo para atravesar una puerta es hacer girar el pomo. En fin...

10

Delante de Black, en mi pantalla, se abría un callejón tan cochambroso como el pasillo que acabábamos de atravesar. Daba un poco de miedo. Aunque, a decir verdad, aún daban más miedo los tres tipejos que cortaban el paso a mi avatar, con los musculosos brazos cruzados sobre sus poderosos pechos y sus miradas asesinas.

Ella avanzó unos pasos. Ellos hicieron lo mismo.

Black Soul se dio la vuelta con rapidez de gacela. La intención era entrar en el local de nuevo.

Eso hubiera estado bien, a no ser porque delante de la puerta metálica, esa misma puerta a la que Black parecía tener manía, estaban plantadas las tres mozas tatuadas.

–¿Por qué no nos transportamos a cualquier otro sitio? –pregunté flojito y con voz temblorosa.

–Eso sería huir –me susurró.

–¿Y qué? Como si eso tuviera alguna importancia. Todo el mundo se rinde alguna que otra vez...

–Eso... ¡jamás!

Black volvió a repetir el numerito de la puerta en plan guerrera ninja, abalanzándose contra la muralla que formaban los tres tipos.

Cerré los ojos. Pero los volví a abrir enseguida. Había oído una especie de chasquido; y, luego, un crujido. Quería saber qué había pasado.

El primero de los tipos duros había volado por los aires, chocando contra una pared del callejón y rebotando en la otra. Black ya iba por el segundo tipejo cuando comprobé, horrorizada, que la cara del tercero se acercaba peligrosamente a mi pantalla. No traía buenas intenciones.

–Black?... ¿Blacky...?

¿Qué iba a pasar? Se acercaba. Más. Se acercaba...

Sin pensar (¿quién piensa en una situación como esa?), eché la silla hacia atrás, apartándome instintivamente del eminente peligro. Durante unos pocos segundos, la silla pareció bailar sobre sus dos patas traseras. Pero, finalmente, cayó hacia atrás y yo caí con ella.

–¡No!

El golpe había sido considerable. Pero me levanté enseguida, frotándome el chichón que empezaba a salirme en la cabeza.

Corrí hacia la pantalla. El careto del malas pulgas había desaparecido. En su lugar, una de las tres chicas tatuadas, concretamente la que tenía el cuerpo cubierto por un dragón azul cuyas dos colas le rodeaban los ojos, me sonreía llena de malas intenciones.

Vi como su puño se alzaba y me amenazaba. Yo me

había convertido en una estatua sin reflejos. Y, en ese momento, algo se interpuso entre ese terrible avatar y yo.

Algo con pelo rojo.

11

Al otro lado de la pantalla, la batalla fue dura. ¿Qué digo, dura? Durísima. Encarnizada. Por suerte, en el mundo virtual, el de los avatares, no existe la sangre, y los golpes, aunque duelen, no tienen consecuencias demasiado terribles.

En un momento dado, en medio del fragor de la batalla que se había convertido en un cuerpo a cuerpo furioso entre Black Soul, Jack Sparrow y las tres tatuadas, y cuando las fuerzas estaban de lo más igualadas, ellas, nuestras contrincantes, a una señal de Klar Pink, su jefa, desaparecieron.

Black y Jack se quedaron aporreando el aire.

Puse cara de frustración.

–¿Qué... qué ha pasado? ¿Adónde han ido esas focas marinas con garabatos? –preguntó mi avatar, mirando hacia todos lados.

–No lo sé –dijo Jack Sparrow–; pero no nos podemos quedar aquí. Es peligroso.

Jack tomó a Black de la mano. Casi pude notar la burbujeante sensación del aire en la cara cuando ellos se elevaron. Sin embargo, yo solo podía seguir sus evoluciones como una simple espectadora, con envidia y sin poder intervenir.

En esta ocasión, no aterrizaron en la dura piedra sino en el duro cemento de una plaza urbana. Sin darnos tiempo ni a respirar, ni a contemplar el nuevo paisaje que nos rodeaba, Jack Sparrow echó a correr y Black, claro está, fue tras él. A servidora, lo único que le corría como un gamo era el corazón.

No pararon hasta llegar a una plazoleta mal iluminada y con las paredes llenas de pintadas. El esqueleto oxidado de algún coche olvidado constituía su único mobiliario.

Jack se detuvo ante una gran puerta metálica. Un grafiti la ocupaba totalmente. Era el rostro de un hombre joven, de gruesos labios y nariz ancha. Con perilla. A su lado, aparecía representada la ciudad de edificios altos y angulosos donde, al parecer, y si no me equivocaba, nos encontrábamos.

«OUTLAW», pude leer. Y se me puso la piel de gallina solo de pensar a qué especie de lugar siniestro habían ido a parar esos dos avatares descerebrados.

El hombre del grafiti llevaba gafas de sol negras. De cada cristal manaban dos manchas rojas, la única nota de color de la pintura.

Parecía que llorara sangre a través de las gafas.

Jack puso ambas manos sobre las manchas rojas y la puerta empezó a subir lentamente.

Una sonrisa pícara iluminó el rostro de Black Soul.

–¡Qué buen escondite, Jack!

–¡Sí! Qué buen escondite, Jack –repetí. Y me sentí completamente idiota.

Mientras la puerta seguía ascendiendo, sin demasiadas prisas, los dos avatares se miraron embelesados. Como atraídos por un imán, el del amor (supongo), se acercaron y unieron sus labios en un beso apasionado.

Yo me quedé como una hormiga a la que se pisa, se machaca, se destruye y se elimina sin ni siquiera darse cuenta.

–¡Eh! ¿No os parece que este no es momento...?

Empecé a protestar. El pitido de un mensaje que acababa de entrar en el chat me interrumpió.

■ ■ ■

Jack Sparrow: Parece que se gustan, ¿no?

■ ■ ■

Aporreé las teclas del ordenador con el corazón dándome saltitos en el pecho:

■ ■ ■

Black Soul: ¿Quién eres?
Jack Sparrow: ¿Te suena MG?
Black Soul: ¡No me lo puedo creer! ¿MG? ¿Migue García? El de los gra…
Jack Sparrow: Sí. El de los granos. Jack es mi avatar.

■ ■ ■

Solté una palabrota. Y entonces, precisamente en ese momento, un sudor frío empezó a cubrirme el rostro.

■ ■ ■

Black Soul: Sabes quién soy, ¿no? Quiero decir, yo, de verdad…
Jack Sparrow: Pues claro. La de los *brackets*.

12

—No me lo puedo creer...

La puerta metálica se cerró detrás de los dos avatares.

–Es que no me lo puedo creer. ¡Qué fuerte!

El ruido metálico de los encajes nos indicó que, seguramente, aquel lugar los mantendría a salvo de nuevas y violentas intrusiones.

La pantalla se oscureció. El interior de aquel local estaba más negro que boca de lobo. Miré nerviosa alrededor. Aquello no tenía nada que ver con los locales sociales que había conocido antes. Se asemejaba más a un garaje vacío. Quizás porque eso era precisamente: un garaje vacío.

–¡No me lo puedo creer! –grité en un ataque de originalidad así que empecé a acostumbrarme a las sombras. Miré el teclado y empecé a escribir:

Black Soul: Así que tú... bueno, Jack, Migue, tú sabes... sabías que yo...
Jack Sparrow: Bueno, a mí no me parece tan extraño.
Black Soul: ¿Ah, no?

■ ■ ■

Nuestros avatares estaban sentados en una especie de toneles metálicos que hacían las veces de sillas. No parecían muy cómodos, pero, la verdad, ellos tampoco parecían notarlo. Tenían los ojos fijos en la pantalla. Estaban en silencio. ¿Nos escuchaban? Sí, seguro. Nos estaban escuchando porque, acto seguido, Jack intervino en nuestra conversación:

–A mí tampoco me parece extraño.

Jack me miraba divertido sin soltar la mano de Black. A continuación, mi avatar se soltó de la mano que Jack le apretaba cariñosamente. Puso esa cara terriblemente enfadada que ya le había visto antes.

–Bueno, perdonadme los dos. Pero a mí sí que me parece extraño que Migue conociera la identidad de Laura. No nos parecemos en nada.

Black no parecía tener escrúpulos a la hora de hablar:

–No me mires con esta carita, Laura –remató–. Tampoco tú y yo somos como dos hermanas gemelas. Yo estoy muchísimo más buena.

Jack le dio un codazo.

–¡Au! ¿Se puede saber qué te pasa? –preguntó Black enfadada.

Migue y yo habíamos bajado la cabeza hasta tocar el suelo. O casi.

–Sí –dijo él–. Supongo que todos exageramos un poco con nuestros avatares.

–Supongo –susurré–. Claro que si uno puede escoger...

–Pues eso...

–Eso...

Las palabras de Black, sinceras, me habían herido en lo más hondo. Tanto que casi se me olvidó lo que hasta aquel momento tanto me había preocupado: ¿cómo supo Migue quién se escondía tras Black Soul?

13

Una luz mortecina iluminaba aquel sótano y le daba un aspecto fantasmagórico. Me daba repelús aunque me separara de él todo un mundo virtual. Además, todo lo que acababa de oír, mis últimos descubrimientos sobre Migue y Jack, la opinión de Black sobre servidora me habían dejado más perdida que un jamón en un armario. El mundo, el virtual y el otro, el verdadero, se me habían venido abajo.

Un largo e incómodo silencio se había instalado entre nosotros. La pantalla también permanecía en silencio; sin mensajes.

Fue Jack quien habló primero.

–Bueno, Migue, cuéntale de qué va todo esto.

No estaba yo para muchas historias. Aun así, pregunté:

■ ■ ■

Black Soul: Sí, dime, Migue, ¿de qué va todo esto?

Jack Sparrow: Ya hace tiempo que Teen World apareció en la red.

Black Soul: Ya...

Jack Sparrow: Como todas las novedades, su aparición atrajo a mucha gente.

Black Soul: Claro. Normal.

Jack Sparrow: Y fueron muchos los que se pusieron a crear avatares como unos locos y...

Black Soul: No veo que eso...

■ ■ ■

Black Soul, mi irritable avatar, me lanzó una mirada que me dolió como un dardo envenenado.

–Bueno, chica, ¿vas a dejar de interrumpir de una puñetera vez?

Dejé de interrumpir.

■ ■ ■

Jack Sparrow: Lo que quiero decir es que al cabo de un tiempo, como es normal y pasa siempre, mucha gente se fue cansando de este sitio. Quizás aparecieron nuevos retos virtuales, o, simplemente, los que habían inaugurado Teen World fueron creciendo y sus intereses ya no eran los mismos.

■ ■ ■

–¿Le sigues? –preguntó Black Soul desde el otro lado de la pantalla.

–Le sigo.

Esperé un nuevo mensaje de Migue, pero no llegó. Quizás se había quedado colgado en sus pensamientos. Pero unos segundos después sonó el pitido de un nuevo mensaje:

■ ■ ■

Jack Sparrow: ¿Te has preguntado qué pasa con los avatares de esa gente?
Black Soul: ¿Qué gente?

■ ■ ■

Vi como Black resoplaba. A Jack se le escapó una risotada.

■ ■ ■

Jack Sparrow: ¡Esa!, la que se cansa y ya no vuelve a conectarse al mundo virtual.

■ ■ ■

Respiré hondo un par de veces antes de contestar. Seguro que la cagaba.

■ ■ ■

Black Soul: Pues... desaparecen como sus dueños, ¿no?
Jack Sparrow: ¡Pues no! Nosotros, las personas, quiero decir, dejamos el juego. Algunos se dan de baja del sitio. Otros, ni eso.

Pero los avatares siguen ahí. Atrapados en un mundo que es el suyo, pero sin su referente en el otro mundo, el real.
Black Soul: Entonces no funcionan, ¿no?... Si nadie toca las teclas, los avatares no...

■ ■ ■

No pude terminar de escribir. Me quedé mirando fijamente a Black y a Jack con la boca muy abierta.

¡Eso era lo que me estaba yo preguntando hacía rato! ¿Quién tocaba sus teclas?

14

Habían pasado tantas cosas raras en poco tiempo que no me había dado tiempo a encontrar respuestas. En cambio, se me ocurrían un millón de preguntas que hacer. A pesar de ello, solo una encontró el camino:

■■■

Black Soul: ¿Y puede saberse por qué esos dos, Jack y Black, están...?

Jack Sparrow: ¿Vivos?

■■■

Ambos avatares intercambiaron una elocuente mirada.

–Verás... –empezó Jack tomando la iniciativa–. ¡Buf!, creo que eso va a ser muy complicado de explicar.

Jack, el avatar de Migue, fijó los ojos en la pantalla:

–Vamos, Migue. Cuéntalo tú.

■ ■ ■

Jack Sparrow: Para que lo entiendas, un avatar, vuestro avatar, es una suma de deseos. Tus deseos. Lo que tú quieres ser, lo que te gustaría ver o hacer, pues eso es tu avatar. Por lo menos durante algún tiempo. El tiempo que estamos en el juego.

■ ■ ■

Pensé en mi vida real y en mi vida virtual. A la fuerza tenía que estar de acuerdo con lo que Migue escribía.

Jack, sentado al lado de Black, tomó la palabra:

–Para abreviar: tus deseos están vivos, Laura. Nosotros estamos vivos y nos gusta estar a vuestro lado mientras nos necesitéis.

Abrí la boca tanto que me dolió. Aquello sí que no me lo esperaba.

–Pero hay avatares que ya no son necesarios; les caducó la hoja de servicio, por decirlo de alguna manera. ¿Lo vas pillando? –preguntó Black.

–Pues yo no...

Y entonces caí en la cuenta. Black no mostraba sorpresa alguna delante de todo aquello. Estaba en el ajo.

–¡Eh!, tú sabías de qué iba todo esto. Sabías que Jack no había desaparecido. Eres una mentirosa.

Black se defendió.

–Ha sido una cuestión de fuerza mayor. No te lo podía explicar todo de golpe, chica. Te habrías desmayado.

En eso le daba toda la razón.

–Entonces, ¿no estás enamorada de Jack?

Aun sabiendo lo que sabía, una chispita de esperanza se acababa de instalar en mi corazón.

Los dos avatares rieron a la vez y se miraron con ojitos melindrosos.

–¡Oh, no! Eso sí que es verdad.

Se besaron de nuevo. De verdad, qué latosos.

■ ■ ■

Jack Sparrow: Míralo de este modo. Un avatar tendría que dejar de actuar, de existir, cuando su réplica humana abandona el juego. En cambio, algunos de ellos, dolidos y resentidos, han decidido rebelarse.

Black Soul: ¿Continuar jugando sin sus «dueños»?

Jack Sparrow: ¡Exacto!

■ ■ ■

Jack aplaudió y Black sacudió la cabeza afirmativamente.

–Y van a malas –añadió mi avatar–. Como las tres tatuadas y los bestias que nos atacaron en el callejón. Además, se están haciendo dueños de demasiados lugares de Teen World. Ya viste la de gente que había en Red Sand.

Dejó escapar un sonoro suspiro:

–No nos podemos fiar de nadie. No sabemos cuántos avatares han caído ya en sus redes.

Jack miró a Black y la abrazó como si quisiera protegerla. Luego miró hacia la pantalla:

–Sí; van a por todas y son muchos. Imaginad la de gente que ha pasado por el sitio y lo ha dejado ya.

Se hizo un silencio que aproveché para echar cuentas. Pero nunca se me han dado demasiado bien las matemáticas. Además, me estaba agobiando. Me puse a reír como una loca. Esa es una salida fácil cuando una no quiere entender lo que tiene delante de las narices:

–Todo esto debe de ser una broma, ¿no? Avatares sin dueños... ¡Anda ya!, me tomáis por tonta...

Jack me miró de una manera sombría, mientras Black parecía estar echándome el mal de ojo.

–Bueno ¿y qué puede hacer un avatar sin dueño? –insistí ante tanta mirada y tanto silencio.

–¡Jolín con la palabrita! Has repetido *dueño* un montón de veces...

Jack dijo:

–De momento, convencer a los demás avatares, a los que sí que están en juego, de que abandonen a sus correspondientes humanos y se unan a sus filas. Si lo consiguen serán una fuerza invencible; el mundo virtual será suyo...

–... y un avatar dejará de ser un sueño para convertirse en una pesadilla –concluyó Migue.

Di un respingo en mi asiento. Nada de aquello era creíble. ¡Nada! Avatares que son deseos; avatares rebeldes... ¡Era de locos! Era increíble...

¿Pero acaso no era increíble que yo estuviera allí, delante del ordenador, chateando con Migue y nuestros avatares? ¿Y no era más extraño que estos hubieran cobrado vida propia?

Y, en cambio, así era. Os juro que lo era.

15

Al cabo de unos minutos de honda reflexión, nuevas dudas asaltaron mi cerebro.

–¿Y cómo os enterasteis de todo esto? ¿Lo saben los demás avatares? ¿Por qué no habéis hecho nada?

Black Soul se llevó las manos a la cabeza ante aquella inmisericorde batería de preguntas; pero fue Jack quien empezó a responder.

–Nosotros, los avatares, obedecemos una regla de oro: mantenernos en nuestro mundo sin traspasar fronteras.

–O sea, que nunca os ponéis en contacto con vuestro dueño.

Black Soul resopló.

–Chica, qué fuerte te ha dado con la palabreja.

–Nunca hasta ahora –prosiguió Jack–. Hasta que el problema ha ido demasiado lejos y nos ha superado.

–Klar Pink y sus chicas se fijaron en Jack en cuanto aterrizó en Teen World. Le propusieron ser uno de los suyos.

Black parpadeó.

–Y esas no aceptan un no por respuesta.

Después de unos segundos de silencio, necesarios para que yo pudiera ir procesando toda la información, Black continuó:

–Yo estaba casi decidida a pedirte ayuda; pero, no sé chica, tenía mis dudas. Te veía un poco paradita.

–¡Encima! Muy bonito.

Era la segunda vez que mi avatar me echaba un «piropo» como aquel. La opinión que Black Soul tenía de mí era como para acabar con la autoestima de cualquiera. ¡Ya no digo con la mía! Aquello me había herido en lo más hondo. Desde luego, esas personas, o esos avatares, que siempre van con la verdad por delante resultan de lo más molesto.

–Y yo no estaba seguro de que tuviéramos que contactar con vosotros. No sé... Era como quebrantar las reglas en las que se sostiene este mundo –prosiguió Jack –. Pero estábamos acosados. Así que nos decidimos; yo sondearía a Migue y, luego, Black iría por ti. Es decir, decidimos ponernos en contacto con nuestros respectivos humanos.

Me quedé pensativa unos segundos. ¿Aquello significaba que habían decidido contactar primero con Migue porque les había parecido más espabilado que una servidora? ¿Más válido? ¿Lo tenían por un héroe?

No me lo podía creer.

–No me lo puedo creer. O sea, ¿que os fiasteis más de él que de mí?

–Bueno, ya sabes, Migue es un experto en esto de internet. Un gran fichaje, sin duda.

■■■

Jack Sparrow: Gracias, Jack.

■■■

–De nada, Migue.

■■■

Black Soul: Pues para que te enteres, ¡me parece injusto!

■■■

Migue no contestó; los dos avatares parecían no oírme. Realmente pasaban de mí. Jack prosiguió con su relato como si tal cosa:

–Decidimos que lo mejor sería que yo desapareciera del mapa. Migue me buscó un escondite. Este.

■■■

Jack Sparrow: Yo intenté averiguar más cosas a través del chat. Pero los rebeldes se pusieron en alerta y dejé de conectarme.

■■■

Nos quedamos los cuatro en silencio, cada uno perdido en sus reflexiones.

–Pronto no habrá ningún escondrijo seguro.

Era Black quien había hablado. Ella y Jack se miraron desolados.

La pantalla enmudeció, compartiendo así sus miedos.

16

Tardé un rato en recuperarme de tanta sorpresa y de salir de tantas dudas. Cuando lo hice, los dos avatares y Migue estaban del todo metidos en una discusión apasionada.

Hablaban, claro está, de cómo parar los pies a los avatares rebeldes. Jack llevaba la voz cantante. Los ojos le brillaban con una luz nueva que iluminaba la oscuridad del habitáculo. El pelo rojo parecía puro fuego.

■ ■ ■

Jack Sparrow: Yo creo que eso será lo mejor: descabezar al monstruo. Hummm... No está mal pensado, Jack.
Black Soul: ¿Un monstruo? ¿Qué monstruo?

■ ■ ■

Casi me había dado un patatús. Es que iba de susto en susto. A ese paso no viviría para contarlo. Jack estalló en carcajadas, mientras Black Soul se llevaba las manos a la cabeza en un gesto de desesperación.

–¡Pero chica!, podrías estar atenta a lo que hablamos, ¿no? ¿Podrías hacerlo por mí?

Las hay que no conocen la palabra paciencia.

Migue se ocupó de aclararme las cosas:

■ ■ ■

Jack Sparrow: Era solo una metáfora, Laura.

Black Soul: ¡Ah!, guay...

Jack Sparrow: Sí, descabezar al monstruo; es decir, dejarlo sin cabeza, sin sus jefes.

■ ■ ■

Jack retomó el razonamiento, mientras señalaba algo inconcreto con un dedo:

–Sin Klar Pink y sus chicas, sobre todo sin Klar Pink, la verdadera líder, ese globo se irá deshinchando sin remedio.

–La revuelta desaparecerá –añadió Black.

■ ■ ■

Jack Sparrow: Por lo tanto, haremos lo siguiente...

■ ■ ■

Me di cuenta de que Migue repetía su plan exclusivamente para mí y procuré poner todos mis sentidos en leer su mensaje en la pantalla. No podía dejar que aquellos tres (sobre todo Black) siguieran pensando... bueno, ¡eso!, lo que pensaban de mí.

■■■

Jack Sparrow: Vosotros dos os quedaréis en Teen World y seguiréis luchando contra los rebeldes. Sabemos que hay un grupo de avatares fiel a nuestra causa. Los rebeldes deben pensar que los humanos estamos detrás de vosotros, como siempre.

■■■

Dejó pasar unos minutos sin escribir que me llenaron de intriga.

■■■

Jack Sparrow: Pero nosotros dos, Laura, haremos otra cosa. Buscaremos a quienes manejaban los avatares rebeldes. Sobre todo al correspondiente humano de Klar Pink. Porque solo ellos pueden hacerlos desaparecer. Borrarlos. Eliminarlos.
Black Soul: ¡Eso es muy difícil! Jamás he conseguido saber quién hay detrás de los avatares. Ni si son personas de mi alrededor o no. Es más, nunca en toda mi vida habría dicho que Jack y tú...
Jack Sparrow: Entonces, ¿cómo crees que descubrí quién había detrás de Black Soul? ¿Sabes?, es fácil si accedemos a la ficha técnica del avatar.

■ ■ ■

Migue se había guardado un as en la manga. Y lo acababa de mostrar.

■ ■ ■

Black Soul: En eso no había caído.

17

¡Me dolía tantísimo la cabeza!

La clase, la última, se me estaba haciendo interminable.

Miré a Migue con el rabillo del ojo. También se le había puesto cara de pepinillo en vinagre.

Habíamos quedado, al vernos en la puerta del insti por la mañana, que saldríamos juntos e iríamos a su casa para conectarnos.

Le había enviado un mensaje a mamá:

«Voy hacer dbrs a ksa Migue. Si trdo llamo.»

Se debía de haber quedado a cuadros, la pobre. En mis trece años de vida, esa era la primera vez que iba a ir a casa de alguien a hacer los deberes. ¡Y de un chico, además!

No sé lo que debió de pensar mamá al recibir el mensaje, aunque casi pude adivinarlo. Pero al cabo de tres segundos, me contestó:

«Perfecto.»

Migue vivía en un piso normal. Un piso tirando a grande donde, en aquel momento, una madre se dedicaba a preparar merienda para dos hermanos pequeños con caras hambrientas.

También la madre de Migue se puso muy contenta con mi presencia. Me estampó dos sonoros besos en las mejillas y me puso en la mano un plato con dos rebanadas de pan con Nocilla. A Migue le puso otro.

Mis dotes sociales no estaban preparadas para responder a tanta amabilidad. Jamás supe qué decir en estos casos. Así que no dije nada. Intenté sonreír, no sé si con éxito, y seguí a Migue hacia el estudio.

–Que no nos molesten los enanos; tenemos que preparar un examen superchungo –gritó Migue abriéndose paso entre aquella multitud.

–Vale –le devolvió el grito su madre desde la cocina.

Migue tenía un megaequipazo informático. Me quedé de piedra al verlo.

–¡Jolines! Cómo te lo montas.

–Lo cambiamos a finales del curso pasado. Mis padres me dijeron que si me sacaba el curso con buenas notas, harían un sacrificio y me lo comprarían. Y como me lo saqué todo con notables...

Migue se había conectado. Como necesitaba ambas manos, se metió lo que le quedaba de pan con Nocilla en la boca. Tenía los ojos fijos en la pantalla y unas cuantas migas de pan incrustadas en las comisuras de los labios.

¡Era asqueroso!

Sin embargo, había cosas que me sorprendían más que el aspecto de Migue, en aquel momento.

–Ah, ¿pero tú sacas buenas notas? ¿Todo notables?

–¡Oztraz! –dijo con la boca llena–. No te enteraz de na... nada.

Tosió, acabó de tragar y añadió:

–Bueno, per... perdona. No quería decir eso. La verdad es que es normal. Tú nunca te has fijado en mí para nada.

–¿Y tú sí?

Me mordí los labios. No quería haber dicho lo que acababa de decir. Pero ya estaba dicho.

–¿Yo?

Migue me miraba fijamente. Ahora parecía como si le interesara más yo que el ordenador. Pero fue una impresión fugaz. Enseguida se giró de nuevo hacia la pantalla. Acababa de entrar en Teen World.

Y fue entonces (lo recordaré mientras viva) cuando lo soltó:

–¿Y por qué crees que entré en el chat virtual?

Noté cómo las mejillas se me encendían como dos bombillas. ¡Plaf!... Roja como un tomate.

Migue pareció no darse cuenta; arrastró una silla hasta su lado y me hizo un gesto para que me sentara. Señaló la pantalla. Intenté concentrarme, pero si en condiciones normales ya me costaba, en aquel momento, con todas esas preguntas que se habían abierto en mi cabeza, me resultaba imposible.

Hasta que Migue señaló algo con el dedo. Estábamos delante de la ficha técnica de Klar Pink:

–Fíjate; la ficha técnica no dice mucho. Sus gustos, sus colores preferidos...

–El rosa, claro.

–Esto nos puede servir –dijo señalando una fecha con el dedo.

–¿Es la fecha de creación del avatar? –pregunté.

–La misma. Junio de 2008.

–De eso hace seis años.

Nos quedamos los dos en silencio.

–Como pista, no es mucho –dije.

–Pero es algo.

18

—¿Por dónde empezamos?

Jack y Black Soul caminaban por una callejuela estrecha de Outlaw. Los altos y grises edificios parecían acecharlos desde su altura.

No podían evitar mirar hacia todos lados con intranquilidad; no se encontraban seguros en ninguna parte. A pesar de ello, habían decidido dejar su escondite y empezar a caminar sin rumbo fijo. Para aclarar las ideas. O, quizás, para huir de la luz mortecina del garaje.

–Hummm... –susurró Black–. Estaba pensando en uno de los tipos que nos asaltaron en el callejón.

–¿Le conocías?

Black tardó un poco en responder.

–Fue un momento, no estaba yo para fijarme demasiado en sus caras; pero aun así, tuve la impresión de que conocía a uno de ellos.

Jack siguió caminando en silencio. Sabía que su compañera estaba intentando recordar algo que quizás pudiera ser importante.

–Y estoy casi segura de que había visto al tipo ese en el Full Board; aunque hace tiempo de eso. Fue antes de que tú aparecieras.

El chico afirmó con la cabeza, dispuesto a seguir tirando de ese hilo.

–¿Y no recuerdas cómo se llama?

Black Soul se detuvo en seco y se golpeó la frente con una mano.

–¡Pues claro! ¿Cómo he podido olvidarlo? Claro que es él. Un buen elemento, sin duda. Su nombre es Depredador.

Jack estuvo a punto de caerse. No solo porque había tropezado con Black después de que esta decidiera dar el frenazo, si no porque, además, el nombre le había dado un susto de muerte.

–¿Depredador?¿Estás segura de que no te falla la memoria?

Black ya se estaba empezando a teletransportar.

–¡Vamos! ¿A qué esperas? Tenemos que ir inmediatamente a Full. Tengo unas cuantas preguntas que hacer por allí.

Black se elevó. Parecía una nube veraniega. Con un suspiro de inquietud, Jack empezó a elevarse también.

El local social estaba tan concurrido como siempre. Black se acercó a un grupito de avatares femeninos que hablaban sentadas en un sofá. Jack la seguía a una distancia prudencial, vigilante.

–Busco a Depredador –soltó Black a bocajarro.

Las chicas se quedaron en absoluto silencio mirando a Black; luego estallaron en risotadas.

–No conocemos a ningún Depredador –dijo una.

–¿Estáis seguras? –insistió Black.

–Pues claro; ¿quién podría olvidar a alguien con ese nombrecito?

Black dio media vuelta. Cuando ya alcanzaba a Jack, oyó que una de las chicas de la mesa la llamaba. Se giró de nuevo.

–¿Por qué no le preguntas a Charlotte Runny?

Las risas aumentaron de intensidad.

–Esa está aquí desde que se inventó el primer ordenador a pedales.

Ahora las chicas se contorsionaban e hipaban de la risa. Black les envió una mirada de desprecio que ellas, naturalmente, no captaron.

Se dirigió a Jack.

–Son unas memas insoportables.

–Se ve de una hora lejos que pertenecen a la última hornada de asiduos al chat.

Ella afirmó con la cabeza.

–Pero puede que tengan razón. Vamos a buscar a Charlotte.

19

No tardaron en encontrarla. Charlotte se movía siempre por los locales más de moda y no solía faltar nunca a su cita diaria con el chat.

Después de visitar unos cuantos, dieron con ella en un local de aire snob, The Warrior Girls.

–Pero ¡qué alegría más grande! La pareja de moda. ¿Dónde te habías metido, chico?

Jack iba a responder con una excusa peregrina, pero Black Soul se le adelantó. Como era normal en ella, fue directa al grano:

–¿Dónde podemos encontrar a Depredador?

Charlotte dejó de sonreír y clavó su mirada acuosa en Black. Luego, sin mediar palabra, se dio la vuelta y empezó a caminar hacia la salida.

Los reflejos de Jack eran buenos, sin duda. La agarró por el brazo y la obligó a encararse con ellos.

–¡Uy!, me temo que eso de dejarnos con la palabra en

la boca es de muy mala educación. –Charlotte habló con un hilo de voz:

–Vais a meteros en líos.

–Ya estamos metidos en líos –dijo Jack con una sonrisa encantadora.

–Aquí no. Busquemos un sitio tranquilo.

Un rato después, los tres avatares estaban sentados frente a una playa solitaria. Sería bonito poder decir que la tarde era fresca y que el viento jugueteaba con sus cabellos. Pero eso no sería cierto. Nada de eso es posible en el mundo virtual.

–¿Y bien? –preguntó Black, impaciente.

Charlotte tenía la mirada clavada en el infinito, como si no se atreviera a enfrentarse a la mirada de los otros dos.

–Yo vengo aquí a divertirme. Nunca he buscado líos y no pienso buscarlos ahora.

Jack suspiró:

–A veces no podemos evitar los líos.

–Sí; sí podemos. Sé que esas tres chicas tatuadas y Depredador y unos cuantos más traman algo.

Sonrió tristemente antes de añadir:

–No soy sorda. Ni tonta como cree todo el mundo. Les he oído hablar de destruir el juego, de convertirlo en realidad.

Charlotte miró fijamente a sus dos interlocutores, escudriñando sus reacciones. Estaban serios y no mostraban ni un atisbo de sorpresa.

–Eso es imposible –añadió sin convencimiento.

–No lo será si siguen llevando adelante sus planes –dijo Jack. Y aquello sonó como una sentencia.

Y Black añadió:

–Esos avatares son violentos y rencorosos. No creo que vayan a construir un nuevo mundo virtual ni nada por el estilo. Lo que hay detrás de ellos solo es destrucción.

En la mirada de Charlotte se reflejaba el miedo. Lo que oía confirmaba sus temores. Sus peores temores. Lo que con tanto empeño había querido ignorar. Porque Charlotte no quería que nada de lo que tenía ahí, en su mundo virtual, cambiara.

–Pero yo... nosotros no podemos hacer nada. ¿Qué podríamos hacer?

–De momento buscar a quien sí que puede poner remedio a este estado de cosas. Debemos encontrar a los humanos que pueden dejar a esos avatares sin posibilidad de movimiento.

–Pero...

Jack tomó a Charlotte de las manos. Era muy convincente cuando se lo proponía.

–Charlotte, ¿cómo podemos acercarnos a quien hay detrás de Klar Pink?

–No lo sé –contestó la chica, casi gritando.

–Entonces dinos quién hay detrás de ti para que Laura y Migue puedan preguntarle a ella.

–Eso no puede ser.

A Black se le terminó la poca paciencia que tenia:

–¡Muy bien, chica! Pues a la mierda con todo...

Jack era más paciente. Su voz suave, casi un susurro, rompió la tensión:

–Por favor, Charlotte; por favor. Teen World está ahora en tus manos.

20

–Se me está haciendo tardísimo –dije después de dar una ojeada a mi reloj–. Mamá debe de estar a punto de llegar a casa y llamará a la Cruz Roja como no me encuentre allí.

Migue resopló.

–Sí, es tarde. Pero antes de que te vayas debemos conectarnos a Teen. Quizás Black y Jack hayan descubierto algo.

Afirmé con la cabeza, mientras pensaba que más valía que aquellos dos hubieran descubierto algo más que una fecha, como habíamos hecho nosotros. Desde luego, como investigadores, estábamos resultando un poco lentos.

En unos segundos, la pareja de avatares se hizo visible en la megapantalla del ordenador de Migue.

–¡Mira! –me gritó Migue al oído–. Están en la playa con Charlotte Running.

–Es verdad; hacen buena pareja –dije como si los viera juntos por primera vez.

Jack se levantó de un brinco y, separándose de los otros dos avatares, se acercó a la pantalla. De alguna misteriosa manera intuía nuestra presencia.

–¡Tomad nota! –nos dijo. Y en ese momento, el pitido del chat se llevó la nube de malsana envidia que se estaba formando en mi cabeza.

■ ■ ■

Charlotte Runny: olsan@mixtmail.es

■ ■ ■

–¿Charlotte Runny nos envía una dirección de correo electrónico? –pregunté ante la evidencia–. ¡Vamos! ¡Pregúntale de quién es!

Migue se me quedó mirando, un poco asustado ante la prisa que me hacía empujarlo hacia el teclado. En aquel momento, Charlotte Runny se levantó y abandonó la playa.

–¿Lo ves? Demasiado tarde. Ahora no le podremos preguntar de quién es ese correo.

–Ni falta que hace –dijo Migue, mientras sus dedos corrían como rayos por el teclado. Acababa de abandonar el chat y estaba escribiendo aquella dirección en el buscador de su correo.

■ ■ ■

miguegarcia@yoko.com: ¿Hola?
olsan@mixtmail.es: ¿Quién eres?

miguegarcia@yoko.com: Migue. Tengo que hablar contigo de un asunto muy importante.

olsan@mixtmail.es: No te conozco.

miguegarcia@yoko.com: Es sobre Teen World. Y sobre Charlotte Runny.

olsan@mixtmail.es: ???

miguegarcia@yoko.com: Es importante, de verdad.

olsan@mixtmail.es: Paso de ti.

■ ■ ■

Migue y yo nos miramos desolados.

–Anda que para una pista que teníamos –dije, como si la culpa fuese de Migue–. ¿Se puede saber por qué le has dicho que buscamos a Charlotte? Sea quien sea, la has asustado.

En vez de enfadarse por lo que le acababa de decir, Migue se puso a sonreír. Seguro que se le acababa de ocurrir otra idea genial.

–¡Sí!, se ha enfadado. Se ha molestado con solo leer el nombre de Charlotte. ¿Eso no te dice nada?

–Sí; que nos hemos quedado sin pista.

Migue parpadeó, con los ojos aún fijos en la pantalla, más colgado que de costumbre.

–Piensa, Laura, piensa... ¿Quién nos dio la dirección de correo?

–¡Charlotte!

Estaba más claro que la calva del dire. Si alguien me hubiera enviado un mensaje de correo como ese, hablándome del chat, y de Black Soul, yo habría reaccionado igual. O peor. Porque por nada del mundo habría querido que alguien sospechara que tras Black Soul me escondía yo. Y seguro que quien se escondía tras Charlotte Runny pensaba exactamente lo mismo.

Pero aquello no nos llevaba a ninguna parte.

–Puede ser que tras ese correo se esconda la verdadera Charlotte; pero no sabemos cómo encontrarla.

–Puede que yo sí lo sepa.

21

Al día siguiente, después de las clases, Migue y una servidora nos plantamos en el Cyber World.

Migue estaba convencido de que nuestro contacto estaba allí. Yo no lo estaba tanto. La confianza que tenía en sí mismo y esa sonrisa de éxito que le colgaba de la boca me empezaban a resultar latosas.

Claro que, a decir verdad, Migue se había revelado como un auténtico genio. Nada que ver con el Migue tímido y patoso que yo creía conocer.

Le eché una ojeada con todo el disimulo del que soy capaz, que no es mucho.

Migue, ese nuevo y recién descubierto Migue, caminaba con la cabeza erguida, a grandes zancadas, los ojillos marrones ocultos tras unas gafas de sol casi igualitas a las de Jack.

No estaba mal.

No estaba nada mal.

Bueno, algún grano sí que tenía. Pero ¿qué adolescente no ha tenido un grano en su vida?

Migue se quitó las gafas con un estudiado y peliculero gesto, abrió la puerta del local y, amablemente, me dejó pasar.

Estaba abarrotado. No había ni una mesa libre y las voces y risas casi se comían la música de fondo.

–Allí –dijo Migue, señalándome dos taburetes vacíos en la barra.

Nos sentamos y Migue dejó su superportátil encima de la barra.

Mientras él se conectaba, barrí el local con la mirada. Por suerte, no vi a ningún compañero de Segundo C, mi curso, aunque sí había alguno de Segundo A e, incluso, algún canijo de primero.

Hice girar el taburete y mientras me atusaba el pelo con disimulo, clavé los ojos en la pantalla. Me horrorizaba la idea de que alguien me viera y me reconociera. Claro que, bien pensado, ¿quién iba a fijarse en mí?

Migue había entrado en su correo y aporreaba el teclado con pasión.

■ ■ ■

miguegarcia@yoko.com: Hola de nuevo, Charlotte. Necesito hablar contigo. Estoy en el Cyber World y sé que tú también estás aquí.

■ ■ ■

Abrí los ojos desmesuradamente. Aquello era muy atrevido.

–¡Vaya farol!

–Es algo más que un farol. Llámalo presentimiento –contestó él sin dejar de sonreír.

–¿Y si te equivocas? –pregunté.

Migue se encogió de hombros.

–¿Qué podemos perder?

Mientras hablábamos, Migue no dejaba de mirar a su alrededor como un detective profesional. Me parecía que se le estaban subiendo los humos a la cabeza.

–Observa la reacción de la gente. Puede que alguien esté leyendo este correo ahora mismo. Imagínate su cara...

Me volví tapándome el rostro con la mano y miré. Y traté de imaginar. Pero no vi nada.

El correo de Migue seguía mudo.

Una voz nos sacó de nuestras frustrantes cavilaciones.

–¿Vais a tomar algo?

Una muchacha acababa de aparecer detrás de la barra, hasta ese momento vacía.

Mientras Migue y yo decidíamos qué tomar, la muchacha bajó la mirada hacia un objeto que nosotros no alcanzábamos a ver. Su rostro se transformó. Atónita, alzó la cabeza y miró a todos lados con ojos desorbitados.

Un segundo después, esos ojos desorbitados y los nuestros se encontraron. Ella miró nuestro ordenador y sacó el suyo de detrás de la barra.

Suspiró.

–¿Migue?

Migue afirmó con la cabeza.

–Soy Olga –dijo la camarera–. Aunque a vosotros os debe de sonar más Charlotte Runny.

22

A las siete en punto, Olga, o Charlotte, salió del local.

Su turno no acababa hasta las nueve, pero según nos dijo no había consumido aún sus diez minutos de descanso.

La vimos acercarse arrastrando los pies, envuelta en un jersey de lana, demasiado grueso para la época del año.

Era difícil, por lo menos a mí me lo pareció en ese momento, hacerse una idea de cómo era Olga y de qué le teníamos que decir y qué no. Parecía una chica frágil, asustadiza. Claro que yo, en su caso, también me habría quedado hecha una pasa si alguien, más joven que yo, encima, acabara de descubrir mi secreto virtual.

Migue y yo, durante la media hora que la habíamos estado esperando en la calle, discutimos ese punto a fondo. La decisión, aprobada por unanimidad, fue no darle demasiadas explicaciones.

–No sé cómo me habéis encontrado. Pero que quede claro que no quiero líos. Llevo muchos años en...

Olga se interumpió de golpe, como si sus propias palabras la hubieran pillado desprevenida.

–Sí, ya sé que soy un poco mayorcita para pasarme el tiempo metida en ese chat para adolescentes...

–No, nosotros...

Olga no nos escuchaba.

–... pero, bueno, solo tengo diecisiete años y necesito distraerme. Estudio y trabajo en el bar toda la tarde. Un poco de distracción no viene mal.

Optamos por callar y no interrumpir.

–Me cuesta hacer amigos... reales.

Eso yo lo entendía perfectamente.

–Y en el chat es tan fácil. Además, vale más chatear que fumar. Es menos perjudicial para la salud.

Como si esa frase hubiera encendido una luz en su cerebro, Olga sacó un paquete de tabaco del bolsillo del jersey y encendió un cigarrillo.

–¿Pero no te parece que a veces puede ser inseguro? –preguntó Migue.

Las dos, Olga y yo, nos lo quedamos mirando fijamente. Había hablado como mi madre.

–Ah, pero... ¿es que hay algo seguro en esta vida?

Unas perfectas anillas de humo se escaparon de la boca de Olga.

–Bueno... ya he tenido algún que otro lío: llamadas al móvil, alguien que se entera de mi dirección de correo...

Nos miró muy seria.

–Como vosotros.

–Solo queremos saber una cosa –dije yo con un leve temblor en la voz.

Olga tiró la colilla al suelo y me miró fijamente. Ya no me parecía ni frágil ni asustadiza.

Migue tomó el relevo:

–No pretendíamos... molestar.

–Si no fuera muy importante, no nos habríamos atrevido a ponernos en contacto contigo. Pero hay problemas muy gordos en el chat.

–¿Qué tipo de problemas?

–Muy gordos –respondí con convencimiento.

–Bueno, disparad que tengo que volver al trabajo.

Y añadió en voz baja:

–Esto no me gusta nada.

Migue carraspeó antes de hacer la pregunta.

–Necesitamos... –Alzó un poco más la voz.– Necesitamos saber urgentemente quién hay detrás de Klar Pink.

–Lo siento. No os puedo ayudar.

–¡Mierda! –grité.

–Es que no lo sé –añadió ella.

Migue se pasó una mano por la frente y me miró de una manera que daba lástima de ver:

–¿Y ahora qué?

Se hizo un silencio entre nosotros.

–Bueno –dije–, si no lo sabes... en fin, ¿qué le vamos a hacer? Gracias por todo y perdona.

Nos dimos la vuelta y echamos a andar, derrotados.

La voz de Olga resonó a nuestras espaldas. Nos volvimos los dos a la vez.

–Esperad. Solo es un presentimiento. Nada seguro, ¿eh?

La mirábamos como si en ese presentimiento nos fuese la vida.

–Había una chica en el insti, algo mayor que yo, que... siempre pensé que tenía algo que ver con Klar Pink. Una vez, incluso, se dio mechas rosas en el pelo. El parecido era total.

Migue ya había sacado papel y lápiz de su mochila.

–Se llamaba... Déjame pensar... ¡Jeannette! ¡Sí, eso: Jeannette! O quizás... puede que...

Dejamos de respirar.

–Joanna... o Janice...

–¿Recuerdas el apellido? –preguntó Migue desmoralizado.

–Eso sí que no. Era de familia polaca. O alemana. Bueno, seguro que tenía un apellido rarísimo.

Se quedó pensando un poco más.

–Una chica muy lista. Le iba la música y el rollo artístico.

Olga miró la hora en su móvil.

–Bueno, ya os digo, es una suposición. No hay nada cierto del todo, ni en este mundo ni en el otro.

Olga se dio la vuelta y se marchó arrastrando los pies. Tal y como había venido.

Migue soltó un bufido:

–Bueno, pues nada; que ya casi lo tenemos.

23

—Por lo menos Migue y Laura tienen una pista que seguir. Menos es nada.

Jack afirmó levemente con la cabeza. Caminaba con la mirada fija en el suelo y se escondía las manos en los bolsillos de los pantalones.

–Pero pienso que deberíamos encontrar a ese Depredador y tener una conversación «de amigos» con él –añadió Black.

Se acercaban al garaje que había servido a Jack de escondite en Outlaw. La sórdida plaza estaba silenciosa y solitaria. Es lo que se espera de una sórdida plaza. Y, sin embargo, Jack no dejaba de mirar de reojo a uno y otro lado. Soltó un bufido.

–¿Te pasa algo? –preguntó Black Soul asiéndole por el brazo.

Jack dio un respingo.

–¡Vaya! No sospechaba que mi mano provocase esas chispas en ti...

Black dejó la frase en el aire. Jack miraba fijamente hacia la puerta del grafiti. Sus ojos transmitían una ira fría; gélida. De pronto, Jack la empujó y Black rodó por el suelo. Instintivamente, buscó refugio en las sombras.

Desde allí, desde su refugio y en tan solo unos segundos, vio como Jack volaba literalmente por el aire, al mismo tiempo que una sombra negra se materializaba delante de la puerta.

–¡Depredador! –susurró Black Soul en cuanto aquel bulto oscuro tomó forma; una forma brutal que saltaba sobre Jack y se envolvía con él en una violenta lucha cuerpo a cuerpo.

Un sonoro estrépito llenó el callejón cuando Depredador lanzó a Jack contra la puerta metálica. Resbaló atontado y se quedó sentado en el suelo, con los ojos en blanco.

–¡Eres un mamarracho! –tronó Depredador.

Jack estiró los músculos, como un animal salvaje a punto de atacar. Saltó de nuevo hacia su agresor; pero antes de descargar el puño en la cara de Depredador, tuvo tiempo para gritar:

–¡Cierra el pico! Tanta cháchara me marea...

Debilitado por el golpe que acababa de recibir contra la puerta, erró el tiro; su contrincante se apartó con un salto ágil y el puño de Jack golpeó el aire.

Depredador aprovechó la ocasión. Ya lo dicen, las ocasiones las pintan calvas. Asió a Jack por el pecho como si fuese un monigote y lo tiró al suelo.

Las cosas se ponían negras para Jack, que intentó levantarse pero trastabilló de espaldas y volvió a caer.

Depredador se le acercó con una sonrisa demoníaca pintada en su fea cara. Y en aquel momento, una fuerza brutal le cayó encima, dejándolo fuera de combate.

Black Soul se había lanzado desde la farola, como si compitiera en un concurso de saltos de trampolín. Después de ejecutar dos volteretas en el aire, había impactado contra el cuerpo de Depredador como una bomba.

Se sentó encima del derrotado enemigo. Enarcó las cejas, miró a Jack y dijo:

–Ahórrate los cumplidos.

24

Depredador tenía todo lo necesario para asustar con su sola presencia. Su cuerpo era enorme y cuadrado, con los músculos bien marcados. Los bíceps parecían querer explotarle de un momento a otro y el tatuaje de la muerte encapuchada blandiendo su destructora hoz le ocupaba el antebrazo izquierdo. Iba cubierto de cuero y cadenas y la calva le brillaba como una gran bola de billar.

Jack y Black Soul se las habían visto y deseado para arrastrar aquella mole inerte hasta el interior del garaje y sentarlo en un taburete, después de atarle con cuidado las manos detrás de la espalda. Habían puesto una mesa desvencijada delante de él, donde ahora reposaba su cabezota. Parecía estar durmiendo la mona.

Black estaba sentada frente al prisionero, todavía inconsciente, mientras que Jack, cruzado de brazos, los observaba apoyado en la pared.

Depredador movió la cabeza mientras por la boca se le escapaban unos lastimosos lamentos y un rastro de baba pegajoso.

–¿Qué... qué ha sido? ¿Qué es lo que me ha caído encima?

Jack le lanzó una mirada asesina.

–¡Vaya energúmeno!

Black seguía mirando a Depredador sin pestañear:

–Pura fachada. Ya sabes cómo son los humanos con sus avatares. ¡Unos exagerados! No me extrañaría que detrás de Depredador hubiera un niñato canijo y tímido.

–Pues tiene una mirada de la hostia. Y un gancho de derecha que te deja frito –añadió Jack.

–¡Va! Ya sabes cómo se ponen los adolescentes con eso de las hormonas alteradas.

Depredador había levantado la cabeza y escuchaba la conversación sin entender nada.

Enarcó las cejas.

–¿Estáis hablando de mí?

Black sonrió:

–Bueno, casi...

El prisionero dejó escapar un grito de dolor:

–¡Tengo los huesos molidos!

–Sí, claro, nos lo suponemos –dijo Black en un tono educado–. Es culpa mía, lo siento, pero te estabas poniendo de lo más desagradable.

Depredador enfocó la mirada sobre Black Soul. Le costó lo suyo. Cuando por fin consiguió verla con claridad, dijo con voz llena de desprecio:

–¡Vaya!, si eres tú: la entrometida. No esperaba encontrarte en este escondrijo maloliente.

Black sintió un violento acceso de ira y se preparó para lanzar una retahíla de insultos a pleno pulmón. Jack la detuvo con una leve caricia en la mano.

–Por lo visto, estabas convencido de que me encontrarías solo y de que acabarías conmigo en un abrir y cerrar de ojos –dijo Jack intentando enmascarar su enfado con un tono de lo más irónico.

El forzudo soltó una risotada.

–Es que casi acabo contigo; de no ser porque esta entrometida ha hecho trampa, te dejo más seco que un bacalao.

Black Soul apretó los labios y susurró:

–¡Genial!

Luego se aclaró la garganta y preguntó:

–¿Por qué estás con Klar Pink en todo esto?

La pregunta pilló a Depredador por sorpresa.

–No pienso hablar con las manos atadas a la espalda.

–Sí hombre –chilló ella–. ¿Quieres que avisemos a tu abogado?

Jack, haciendo caso omiso de las palabras de Black, se acercó hasta Depredador y lo liberó de sus ataduras.

–¿Se puede saber qué estás haciendo? –vociferó Black Soul.

Jack no le hizo ningún caso. Ahora miraba fijamente a Depredador, las narices casi tocándose. Si hubiera corrido una pizca de aire por sus pulmones podríamos decir que habría dejado de respirar.

–Y ahora, grandullón, ¿vas a hablar?

–Esto no me gusta ni un pelo, Jack –susurró Black.

Depredador se frotó las muñecas sin dejar de mirar fijamente a Jack. Luego pareció relajarse. Escondió la rala cabeza entre sus grandotas manos y susurró:

–¿Qué es lo que queréis saber?

25

La profesora que hacía guardia de biblioteca abrió unos ojos como platos al vernos entrar.

Que Migue visitara la biblioteca al mediodía, a la hora del descanso para ser exactos, no era ninguna novedad; pero verme a mí allí a aquella hora, y sin que ningún profesor o profesora me hubiera castigado, aquello sí que era más raro que un gato con cinco patas.

Atónita, la profe se nos quedó mirando y balbució, con los ojos fijos en mí:

–¿Qué se os ha perdido por aquí?

–Venimos a hacer un trabajo –contestó Migue, con pleno dominio de la situación.

Yo me había quedado muda.

–¿Los dos?

Preguntó.

Y nos miró aún más fijamente. Parecía una lechuza.

Migue y yo también nos miramos.

–¡Pues claro! –contestó Migue.

Nos sentamos a una mesa. Pudimos escoger. La biblioteca estaba casi vacía.

La profe no me quitaba el ojo de encima y empecé a sentirme algo molesta. ¡Tampoco era para tanto! Pero estaba visto que mi presencia allí la había pillado por sorpresa.

Migue se levantó y se dirigió a la mesa de la profesora.

–¿Nos podrías dar los anuarios del instituto?

Ella se limitó a seguir mirándome.

–¡Los anuarios, por favor! –dijo Migue subiendo la voz–. Del 2007 al 2012.

La profesora pareció despertar de sus cavilaciones.

–¿Y para qué queréis los anuarios?

Migue resopló.

–Para el trabajo, claro.

Con un dedo, la profesora señaló un estante lleno de revistas.

–Están en los archivadores del segundo estante, ordenados por años.

Migue se dirigió hacia allí.

–Volvedlos a dejar en su sitio y no los desordenéis.

No hace falta añadir que dijo esto último taladrándome con la mirada.

Nos repartimos los anuarios. Yo no había visto ninguno jamás. Ni las tapas. Pero Migue parecía saber de qué iba el tema.

–Siempre ponen la orla de los que terminan la ESO al final; los de cuarto. Empecemos por ahí.

Dejé escapar un suspiro impaciente.

–¿Ah, sí, niño listo? ¿Y qué buscamos, si se puede saber?

Me devolvió la mirada con una sonrisa frágil colgada en los labios.

–Pues a una chica que seguramente acabó la ESO entre 2007 y 2009, el nombre de la cual empieza por J y que tiene un apellido extranjero.

Mostré las manos en señal de rendición.

–Vaaaleee...

–Una pista es una pista, ¿no? ¿O acaso tienes alguna otra idea?

Negué con la cabeza. No tenía ninguna otra idea. Y aquello no me parecía una pista seria.

Buscamos durante un buen rato sin resultados positivos.

Migue fue por los anuarios más antiguos.

–¡Es imposible que fuese tan mayor! Olga no la habría conocido. No habrían coincidido jamás –protesté.

Pero Migue era muy cabezota. Me estaba dando cuenta; y también de que sus ojos eran de un marrón oscuro y tenían reflejos dorados.

Me lo había quedado mirando como una boba. Sin darme cuenta, el anuario que estaba repasando y que tenía encima de las rodillas cayó al suelo.

–¡Sssssshhhhhh! –hizo la profesora, contentísima de que, por fin, yo hubiera roto las reglas sagradas de la biblioteca.

Mastiqué una disculpa y me agaché para recoger el anuario. Era el del 2008. Había quedado abierto por una de las primeras páginas. El corazón me dio un triple salto mortal al fijarme en la foto de aquella página.

–Mi... Migue...

–¿Qué te pasa? Nos van a echar...

Leí el pie de la foto en la que aparecía una chica con estridentes mechas rosas:

–«27 de octubre de 2008: Nuestra brillante alumna de tercero de la ESO, Janina Krol, ha resultado ganadora del concurso de piano Jóvenes Valores, organizado por el consistorio de nuestra ciudad. Desde aquí, la felicitamos y la animamos a seguir adelante con su brillante carrera.»

–¡Janina Krol!

Migue se acercó tanto a la foto que pareció que la iba a absorber.

–¡Es ella, no hay duda! –concluyó.

–Olga estaba en lo cierto. Se parece un montón a Klar Pink.

–Pero...

Miré a Migue con el rabillo del ojo. No me molaba nada aquel «pero». Y, además, había cogido el anuario del 2009 y pasaba las páginas como si le fuera la vida en ello.

–¿Se puede saber qué te pasa? –pregunté mosqueada.

Migue alzó los ojos del anuario.

–No entiendo por qué no sale en la orla de cuarto del 2009. Era su curso. Y no está.

Resoplé:

–Quizás simplemente no terminó la ESO en este instituto. Quizás le dieron una beca para ir al conservatorio.

Migue me miró como si me viera por primera vez.

Sonrió satisfecho.

Yo también sonreí satisfecha.

Aún no lo sabía, pero había dado justo en la diana.

Segunda parte

Sombras

1

—Esto es Velvet Paradise.

Depredador señaló con una mano la vasta y extraña extensión que se abría delante de ellos.

Se acababan de teletransportar y llevaban solo unos segundos ahí; y, sin embargo, Jack y Black ya tenían del todo claro que aquel lugar era diferente a todo lo que habían conocido hasta aquel momento. Porque aquello era el sueño de un loco. O de un sabio de imaginación rebosante y algo enfermiza.

El cielo, de color naranja, como en un ocaso eterno, iluminaba el paraje con una luz casi espectral. Las colinas, de colores nunca soñados, subían y bajaban formando valles, y el agua de los ríos se desparramaba, a veces, saturada de tinturas azabaches.

–Esto es... ¡increíble! –murmuró Black, con la mirada perdida en aquel paisaje inaudito.

Tampoco Jack salía de su asombro.

–Tenéis que seguir siempre el camino del río. Si lo hacéis llegaréis a la ciudad rebelde.

Jack salió de su ensimismamiento.

–¿Y tú? ¿Adónde se supone que vas a ir tú?

Depredador frunció el ceño.

–Os he dicho cuanto queríais saber y os he acompañado hasta Velvet Paradise. ¿Qué más queréis? ¿Que entre en la ciudad como el gran desertor en que me he convertido?

Jack y Black intercambiaron una mirada inteligente.

–De eso ni hablar –dijo ella, cruzándose de brazos–. Nos dijiste que nos llevarías hasta Klar Pink y eso es lo que vas a hacer.

Depredador se la quedó mirando sin pestañear.

–¿Por qué tenéis tantas ganas de meteros en la boca del lobo?

Ahora fue Jack quien habló:

–Digamos que somos los dos avatares más valientes de Teen World. Y que nos aburrimos sin hacer nada.

–Muy bien. Muy bien. Luego no digáis que no os lo advertí.

Depredador se volvió y echó a andar a grandes zancadas siguiendo el cauce del río. Jack y Black le siguieron sin dudarlo. No se dieron cuenta de la feroz intensidad que brillaba en los ojos de su guía. Ni de su inquietante sonrisa.

Caminaron un buen trecho. Dejaron atrás el valle y se internaron en una espesa vegetación que azuleaba bajo la luz crepuscular.

–¿Vamos a pasarnos toda la vida andando? –protestó Black Soul.

Nadie le respondió.

Quizás el tiempo en el mundo virtual sea aún más relativo que en el mundo real, pero a Black le pareció que había pasado toda una vida cuando, por fin, la vegetación empezó a aclararse y se encontraron entre plateadas y secas paredes montañosas.

El cielo, ahora, había cambiado los violentos tonos anaranjados por un rosa dulzón.

De pronto, el camino pareció acabarse. Un gran despeñadero se abrió ante los caminantes. La silueta de una ciudad surgía entre neblinas, a sus pies. Una ciudad que parecía cercana. Black y Jack sonrieron al ver su objetivo a tocar de mano: en medio de aquel manojo de edificios borrosos, se abría el trazo firme de un gran castillo con torres y almenas, digno del más acaramelado cuento de hadas.

Pisando los talones de su guía, Jack y Black se miraron sonrientes. Los dos tenían la seguridad de que debían enfrentarse cara a cara con Klar Pink y su grupo; saber sus motivos. Hablar. Sabían, también, que debían ganar tiempo mientras Migue y Laura, en el otro mundo, el real, seguían la pista a los humanos que había detrás de los avatares rebeldes. Al fin y al cabo, los rebeldes no debían de ser tan terribles. Depredador era, en el fondo, un buen chico, y había colaborado con ellos en todo lo que le habían pedido sin oponer resistencia.

Quizás todo era una rabieta, un capricho de aquellos avatares olvidados y abandonados. Seguro que era posible llegar a un acuerdo. Hacerles razonar.

Con optimismo en el futuro de su misión, Jack y Black entraron en la ciudad. Las calles eran estrechas y reinaba un denso silencio. Y, sin embargo, tuvieron que caminar aún un buen rato, descendiendo por serpenteantes y áridos caminos, antes de llegar a las primeras casas.

Seguían caminando cuando Black Soul olió el peligro. Nada parecía haber cambiado, pero sentía la amenaza en su interior. Las sienes comenzaron a martillearle ante aquella sombra desconocida que los acechaba.

Miró a Jack, que seguía avanzando sin rastro de preocupación.

Y, de repente, todo cambió.

Sin apenas darse cuenta, se vieron rodeados por un gran número de avatares rebeldes. Habían salido de la nada y de todas partes.

Depredador avanzó hacia ellos y se volvió, mirando fijamente a Jack y a Black. Sus ojos se habían convertido en dos líneas finas. Sus labios se torcían en una sonrisa ponzoñosa.

–¿De verdad creísteis que iba a traicionar a los míos?

No hubo tiempo para las respuestas.

Black Soul lanzó su grito de guerra y, sin pensárselo dos veces, se abalanzó contra la pared impenetrable que formaban los rebeldes.

Era una hazaña imposible. El número de atacantes era insalvable. Y aun así, la bravura de Black consiguió hacer mella en sus enemigos, que tuvieron que emplearse a fondo para reducirla.

Como pedradas, los rebeldes le cayeron encima. Black miró a su alrededor en busca de ayuda antes de caer al suelo con los dientes castañeteándole.

–¡Ya es nuestra! ¡Ya es nuestra! –gritaban los rebeldes, reduciéndola.

«¡Jack!», pensó Black antes de que todo se volviera negro a su alrededor.

2

–No entiendo por qué no lo puedes hacer.

Habían terminado las clases y Migue y yo caminábamos hacia la parada del autobús.

–Laura, no soy ningún *hacker*.

Cuando se ponía burro me atacaba el sistema nervioso central.

–No te estoy pidiendo que entres en los archivos de la CIA; solo se trata de entrar en el ordenador de la secre del insti y encontrar una dirección.

Migue movía la cabeza a derecha e izquierda.

–La de Janina –añadí.

Por toda respuesta, se limitó a apretar los labios, como si no quisiera que se le escapara lo que estaba a punto de decir.

Nos quedamos callados. La conversación había llegado a un punto muerto.

Seguimos caminando lentamente. Estaba segura de

que iba a perder el autobús. Bueno, tampoco importaba demasiado.

–Es que yo creía... Bueno, como Jack te dio tanta coba con lo de la informática...

Migue seguía sin soltar prenda, la mirada clavada en el suelo.

–En fin –añadí con una mala leche que hasta yo desconocía–. Solo debían de ser habladurías.

Me detuve.

Migue siguió andando un trecho; luego ralentizó sus pasos y miró hacia atrás, clavándome unos ojos desafiantes.

–¡Caramba, Laura! Cuando no quieres entender una cosa...

Me puse a su altura y continuamos andando; los cuatro ojos fijos en el suelo. Quedaba muy poco para llegar a la parada del autobús y, una vez allí, nuestros caminos se separarían. Yo subiría al 56 y él, al 57.

–Entonces, ¿qué propones? –pregunté con un poco de retintín en la voz–. ¿Alguna otra idea?

–Bueno –contestó Migue–, tendremos que averiguar la dirección de Janina de otro modo.

–¿De qué modo?

No estaba dispuesta a darle ni una tregua pequeñita.

–De una manera más directa –dijo Migue en un susurro–. Quiero decir que tendremos que personarnos directamente en el despacho de la secre y...

–¡Qué estupidez!

Había alzado tanto la voz que los transeúntes que pasaban por allí se nos quedaron mirando. Noté que me ponía roja como un tomate y la cara me empezó a quemar. Era una mezcla de indignación y vergüenza. Aun así, seguí disparando.

–¿Insinúas que tenemos que ir al despacho de la secre y que, mientras yo le cuento una peli de miedo, tú te cuelas en su ordenador y buscas la dirección?

Él contuvo el aliento. Dejó escapar el aire antes de contestar:

–Algo así.

–Tú has visto muchas películas. Y perdona que te lo diga, pero es una idea estúpida.

Habíamos llegado a la parada del autobús.

–Menuda idiotez –insistí.

–Pues a mí no me parece tan mala idea.

Me había decepcionado.

–¡Genial! –murmuré, frunciendo el ceño.

Vi como se acercaba el 56.

La gente empezó a empujar y arremolinarse en la acera. Antes de verme irremediablemente arrastrada por la multitud, dije:

–En fin, creo que será mucho más sensato que hablemos con Marina antes de meternos en un buen lío –dije sacando mi gran as de la manga.

–¿Con Marina? ¿Quién es Marina?

Intenté sacar la cabeza entre el río de gente. Parecía una jirafa.

–Marina Krol, la de tercero de ESO –dije casi gritando y con el pie ya en el estribo del autobús.

Migue puso una cara indescriptible.

–La que es una caña jugando al baloncesto.

Y aún me dio tiempo a añadir, antes de ser engullida por la marea humana y mientras guiñaba un ojo pícaro:

–¿No te parece curioso que se apelliden igual?

El autobús se puso en marcha y me despedí de Migue con un gesto de la mano. ¡Qué gran golpe de efecto!

Él se había quedado allí, de pie en la parada del autobús; casi tieso. Parecía congelado.

No me dijo ni adiós.

3

—¿Crees que son hermanas?

Migue volvió a preguntar lo mismo que había preguntado por la mañana antes de entrar en clase, en clase, en el patio, entre clases, a la hora de comer... lo había preguntado tropecientas veces. ¡Qué pesado! Hacía horas que ya no me dignaba ni a contestarle. Por eso, se contestó él mismo:

–No sé. No es un apellido corriente. Pero se llevan muchos años, ¿no?

Me lanzó una mirada suplicante.

–Eres un pesado.

–¿No? –insistió, inmune a mi indiferencia.

–¡No sé! Tampoco se llevan tanto... Unos siete años, ¿no? Según lo que sabemos, Janina debe de estar ahora en los veinte.

Migue me escuchaba si pestañear, con cara de perrito perdido y hambriento.

–Estamos a punto de llegar al polideportivo. En cuanto Marina termine el entreno, nos acercamos, le preguntamos si Janina y ella son hermanas, y en paz. No sé por qué le das tantas vueltas al asunto.

–Estoy nervioso –dijo Migue–. Anoche no tuvimos noticias de Jack ni de Black.

Movió la cabeza con frustración.

–Eso es malo.

Aquella cara de pena de Migue no se podía resistir mucho rato. Habíamos llegado ya al polideportivo. Antes de empujar la gran puerta de entrada, le pegué una colleja cariñosa.

–Estoy segura de que vamos por buen camino.

Conseguí que una sonrisa de agradecimiento se encendiera en su rostro. Pero lo que le acababa de decir era mentira. No estaba segura de nada y yo también tenía un nudo de nervios en el estómago, grande como una pelota. Pero, ya se sabe, soy una chica, y las chicas soportamos mucho mejor la presión que los chicos.

Eso creo.

Nos sentamos en las gradas. Señalé con un dedo a Marina.

–Es la rubia de la coleta.

–Está muy buena.

Inconscientemente, o quizás no tanto, solté un gruñido.

–Quiero decir que es muy buena... con la pelota.

Migue se puso colorado y siguió mirando las evoluciones de Marina con la cabeza entre las manos.

–¡Una *crack*! –dije–. No me pierdo ni un partido en el que juegue ella.

Él abrió los ojos de par en par y me clavó una mirada de asombro.

–¿Qué? ¿Tan raro es que me guste el básquet? También me gusta el fútbol y el balonmano –añadí. Y volví a clavar la mirada en Marina y en sus lanzamientos.

Cuando acabó el entrenamiento, Migue y yo nos acercamos a la cancha. Marina se secaba el sudor con una toalla.

–Hola –la saludé.

Ella sonrió. Ya había oído decir por el insti que era una chica simpática y muy sociable.

–Buen entrenamiento.

–Estoy hecha polvo.

–Oye, tú tienes una hermana mayor, ¿no? –pregunté como quien no quiere la cosa.

Vi brillar el asombro en sus ojos azules. Aquella pregunta lanzada a bocajarro había atraído definitivamente su atención.

Migue apretó los puños.

–¿Conoces a Janina? –dijo ella.

¡Diana!

Sonreí.

Migue relajó los puños y sonrió, también.

Marina solía ir a tomar algo con las compañeras de equipo después del entrenamiento. No tenía prisa y por eso, y después de esperar a que se duchara y vistiera, la acompañamos hasta una granja cercana.

Una vez allí, nos sentamos en una mesa ante tres batidos de chocolate.

Marina estaba sorprendida aún, y, sin duda, tenía curiosidad por saber de qué conocíamos a su hermana.

–Bueno –se apresuró a explicarle Migue–. De hecho no la conocemos personalmente. A quien sí conocemos es a Olga, su amiga.

–No caigo –murmuró Marina con aire pensativo.

Nos estábamos metiendo en un berenjenal. ¡Fijo!

–La del Cyber World. Ya sabes, la camarera.

Noté que una sombra oscurecía la mirada de Marina. Pero se recuperó pronto. Parpadeó y dijo:

–No suelo frecuentar esos sitios. No me gustan.

–No, a mí...

Iba a soltar un «tampoco», pero me callé de golpe. El terreno era pantanoso y oía resoplar a Migue a mi lado.

–Bueno, verás –dijo él, saliendo a flote–. Solo queríamos hablar con ella.

Migue se aclaró la garganta antes de preguntar, tímidamente:

–¿Janina vive en tu casa, contigo? Podríamos ir a verla un día de estos y...

Marina contuvo el aliento unos segundos. Finalmente, con un hilo de voz, respondió:

–No, ya no.

El azul de los ojos de marina se había oscurecido extrañamente.

4

Black Soul abrió los ojos y parpadeó.

La cabeza le estallaba. No recordaba qué había pasado. No reconocía el lugar donde estaba.

Volvió a cerrar los ojos.

Las imágenes de la lucha con los avatares rebeldes empezaron a salpicarle la memoria. Se vio, de nuevo, en el suelo. Vencida.

Se incorporó de un salto y gimió. Aunque en su mundo el dolor era una sensación menos traumática que en el mundo real, Black sentía en su cuerpo el peso de la derrota y la humillación.

Miró a su alrededor. Se encontraba en una celda; la oscuridad era envolvente y espesa. Solo la mancillaba, levemente, la luz de una antorcha.

Se levantó y sus ojos se posaron en el catre de paja donde había estado tendida. Jamás había visto una cosa igual.

Golpeó la puerta de madera con las palmas de las manos.

–¡Eh! –gritó–. ¿Hay alguien ahí?

No hubo respuesta. Todo seguía espantosamente oscuro y silencioso.

Black notó un sabor metálico en la boca. Era el sabor del miedo.

Jamás había sentido algo tan vivo en su interior como el pánico que sentía ahora. Tenía miedo, sí. Miedo a que la dejaran ahí encerrada para siempre. Miedo al olvido. A no volver a ver a Jack.

–Jack... –susurró.

Una humedad desconocida se desparramó por sus ojos. Se los enjuagó con los dedos. Los lamió con la punta de la lengua.

–¡Lágrimas!... Son lágrimas de... de verdad.

Atónita, se dejó caer al suelo, resbalando con la espalda pegada a la pared. Apoyó los codos en las rodillas y escondió la cabeza entre las manos.

Nunca supo el tiempo que transcurrió así, perdida en sus pensamientos, saboreando el sabor salado de las lágrimas que sus ojos lloraban por primera vez. De pronto, la puerta de la celda se abrió y alguien deslizó la cabeza por el resquicio. La claridad de una antorcha iluminaba un rostro desconocido que le hacía señas para que se levantara. Black parpadeó incómoda.

–Las señoras te esperan –dijo el desconocido con voz áspera.

Ella permaneció inmóvil, intentando respirar de forma lenta y regular; intentando apagar la huellas del pánico.

–¡Que muevas el culo!

Notó como la ira le subía por el cuello y le quemaba el rostro. Aun así, se levantó. Bien mirado, había venido a eso: a hablar con las señoras.

Salió de la celda medio aturdida. Al pasar junto al rebelde, se detuvo y le clavó los ojos, desafiante. Él la empujó y la obligó a andar a trompicones.

Allí estaban ellas. En una especie de sala del trono llena de los más impensables cachivaches. Sofás de terciopelo. Esculturas descabezadas. Simuladores estropeados. Figuras fosforescentes. Vasos parpadeantes. Mesas sin patas. Libros despanzurrados...

Aquello era como el apocalipsis de su mundo. De su mundo amable y virtual. El reino de la mugre. De la nada. Y ellas, las tres tatuadas, sus reinas. Tres reinas con idénticas y falsas sonrisas pintadas en el rostro. Dragonfly, la chica azul, con las inmensas alas tatuadas alrededor de los ojos; Poisonous, con el cuerpo tatuado de verde, como las escamas venenosas de una serpiente. Y, en el centro, la reina indiscutible, Klar Pink, teñida de arriba abajo de rosa, como el cielo que la había recibido al llegar a la ciudad. Falso y sucio.

Después de la primera sorpresa, Black Soul levantó la cabeza y se encaró dignamente a las tres tatuadas.

Poisonous habló en primer lugar:

–No dirás que no te lo advertimos. Esto te pasa por andar con malas compañías.

Black le lanzó una mirada asesina.

–¡Que te den!

Dragonfly estalló en una ronca carcajada.

–¡Uy, qué maleducada!

Amenazante, Black avanzó un paso, pero dos rebeldes se le echaron encima y la detuvieron.

–¿Se puede saber qué pretendéis?

–Todo a su debido tiempo –respondió Poisonous–. Las explicaciones también.

Black se sacudió con rabia los brazos que la sujetaban, y se quedó inmóvil. Recorrió con la mirada la estrambótica sala. Había pensado, quizás simplemente había deseado, que Jack estuviera allí. Sin embargo, no había ni rastro de él.

–¿Qué habéis hecho con Jack? –preguntó, ceñuda–. ¿Lo tenéis en otra celda? ¿Le habéis hecho daño?

Klar Pink, que hasta aquel momento había estado jugueteando con un muñeco desmembrado, como ausente, le clavó una mirada furibunda.

–¡Tu valiente Jack! –vociferó. Y a Black se le encogió el corazón, o lo que fuera que tuviese en el pecho.

Los rebeldes que había en la sala se echaron a reír, como enloquecidos. Hasta que Klar Pink levantó la mano derecha y se hizo un silencio sepulcral.

–Sí. Tu Jack es un valiente, sin duda.

Black Soul contuvo el aliento, aterrorizada.

Unas risillas pequeñas y ligeras como ratones aún corrían por la sala.

–Un valiente que te ha abandonado a tu suerte, querida.

Black abrió sus grandes ojos verdes.

–¡Eso es una mentira asquerosa!

–Y tú una ingenua de mucho cuidado. Antes de que el primero de nuestros soldados echara a andar, él se esfumó por los aires. No creo que le importara demasiado tu suerte.

–¡Me estás engañando! –gritó Black fuera de control–. ¡No quiero hablar más contigo! ¡Harpía! ¡Déjame en paz!

Klar Pink se acercó a su prisionera. Alargó su mano de uñas largas y rosas hasta tocar el rostro descompuesto de Black que no pudo ocultar un mohín de repugnancia.

–No te engaño.

Y Black Soul supo que no la engañaba.

Se oyeron apagados murmullos.

La tatuada volvió a su sillón y con un gesto indicó a los guardias que se podían llevar a la chica.

–Pero no te preocupes –dijo alzando la voz para hacerse oír a través de la distancia–. Tú eres nuestro mejor reclamo. Encontraremos el modo de hacerle venir. Os necesitamos a los cuatro.

Black oyó tras de sí el chasquido de la cerradura.

De nuevo estaba sola, en aquella horrible celda. Su prisión.

Se tumbó en el jergón y se quedó mirando el alto techo.

La rabia y la vergüenza le impedían pensar.

–¿Por qué, Jack? ¿Por qué?

Su pregunta se deshizo en el aire junto al humo negruzco de la antorcha.

5

Era una tarde de sábado. Yo caminaba al lado de Migue por una zona de la ciudad que me era totalmente desconocida. Habíamos tenido que bajarnos un mapa de google que Migue se había aprendido casi de memoria.

Habíamos cogido el metro, habíamos hecho dos transbordos y, según las indicaciones de Migue, ya nos encontrábamos cerca de nuestro objetivo; o sea, que ya estábamos cerca de donde vivía Janina.

Caminábamos en silencio; Migue estaba concentrado en leer los nombres de las calles, mientras que con el dedo seguía nuestro recorrido por el mapa. Yo, a su lado, estaba entretenida en otros pensamientos. Me gustaba andar por la calle al lado de aquel chico espigado, de ojos risueños. Porque eso era en lo que se había convertido Migue para mí: un chico espigado de ojos risueños. ¿Cómo había podido pensar que Migue era aburrido, soso o poco interesante? Habían bastado unos días, eso sí, muy intensos, para darme cuenta de que Migue y Jack Sparrow, su avatar, tenían más cosas en común de lo que al principio pudiera parecer.

Pero ¿y yo? ¿Tenía algo en común con Black Soul? ¿Era eso lo que pensaba Migue? ¿O simplemente estaba a mi lado porque necesitaba solucionar todo aquel embrollo? Ojalá, pensé, que esa tarde de sábado fuese una tarde de sábado normal, una de esas tardes, desconocidas para mí, en que una camina al lado de su chico para ir al cine y no a casa de...

–¡Janina! Ese es el edificio. Ahí vive Janina.

Mis pensamientos se volatizaron y aterricé en la dura realidad. Migue ya había tocado el timbre y, en ese momento, la puerta se abría con un chirrido metálico. Entramos los dos en el ascensor. Nos miramos en silencio. Seguro que por la cabeza de Migue se paseaban las mismas ideas que por la mía. Ambos recordábamos lo que Marina nos había contado de su hermana el día en que la fuimos a ver al entrenamiento.

–Janina pasó una época muy mala. ¿Qué digo, mala? Atroz. Estuvo muy enferma.

–¿Ah, sí? –le había preguntado yo–. ¿Algo grave?

–Pues sí. Aunque la suya no era una enfermedad física, sino mental.

Migue y yo nos quedamos de una pieza al oír aquellas palabras.

Marina empezó a revivir para nosotros una época de su vida que, seguramente, prefería olvidar.

–Estaba enganchada a los chats. A los mundos virtuales, ya sabéis... No me gusta nada hablar de... esas cosas. ¡Las odio!

Los ojos claros de Marina brillaron con los colores de la tristeza. A mi lado, podía oír la respiración entrecortada de Migue.

–Seguro que hubo una causa; algo que propició que mi hermana confundiera la realidad con la fantasía. Quizás esos otros mundos le permitían soñar, huir de un mundo que no le gustaba demasiado. Seguro que era una manera de vencer sus inseguridades.

Marina, sin saberlo, acababa de retratarme. Sentí una especie de angustia, como si un puño de acero me golpeara el estómago.

–Marina había obtenido una beca para acabar sus estudios en el Conservatorio. La música era su futuro; o eso creíamos todos.

Hizo una pausa.

–Bueno, yo aún era pequeña, pero recuerdo aquellos días en los que en casa...

Marina se detuvo.

–Fue difícil; mucho. De pronto, Janina lo dejó todo. El piano, las clases. Sí, dejó de ir a clase. Vivía encerrada en casa, en su habitación, sola con el ordenador y esos... ¡esos malditos chats!

Migue y yo nos habíamos quedado mudos. Habíamos oído hablar de esas obsesiones, de gente que se queda enganchada. Pero ninguno de los dos le habíamos dado demasiada importancia. Y, ahora, Marina nos descubría que eso existía en realidad. Y más cerca de lo que suponíamos.

–Pero Janina poco a poco volvió a la normalidad. Comenzó a superar sus miedos. A recuperar su autoestima. Hace poco pudo dejar el tratamiento y se fue a vivir sola.

–¿Y ha vuelto a tocar el piano?

Marina no contestó mi pregunta. Cambió el tono de voz. Ahora sonaba mucho más crispado.

–Y ahora venís vosotros hablándome de avatares y esas historias que... ¡No! No podéis molestar a Janina con esas sandeces.

Migue sacó fuerzas de flaqueza:

–Debe deshacerse de su avatar.

–¡Qué gran chorrada! –casi gritó Marina–. Janina ahora ni se acerca a esos chats. Hace tiempo que no lo hace. No tiene ni ordenador en casa.

–Pero es que debe hacerlo. Ayudaría a mucha gente.

–No puedo entenderlo.

Bueno, debo reconocer que el asunto en sí era un poco difícil de entender. Pero cuando todo parecía perdido, se encendió una bombillita en mi maltrecho cerebro.

–¿Por qué no se lo preguntas a ella? Que sea Janina quien decida. ¿Quién sabe? Quizá deshacerse de su avatar sea, para ella, cerrar definitivamente aquella etapa.

Marina me miró con interés. Migue, con admiración.

¡A veces, soy la repera!

6

Y ahora estábamos delante de Janina. En cuanto abrió la puerta, me sorprendió su aspecto. Parecía mucho más joven de lo que era en realidad; tenía aspecto de niña. Su manera de vestir y peinarse ayudaban a quitarle años: llevaba una sudadera negra enorme que le colgaba por todas partes y unos vaqueros raídos. Escondía el pelo debajo de una gorra de la que se escapaban mechones de un negro azulado, y en las orejas llevaba los diminutos auriculares de un iPod. No se los quitó cuando nos saludó desde la puerta, gritando como una energúmena, supongo que a causa de la música que sonaba en sus oídos:

–Pasad. Os estaba esperando.

El piso de Janina era diminuto y casi no había muebles. Todo tenía aspecto de viejo y trasnochado, pero en general se veía limpio y ordenado.

Migue y yo habíamos quedado en pedirle que cancelara su viejo avatar porque estaba dando problemas en el juego.

–Problemas meramente técnicos, claro –le aclaró Migue, ocultando el verdadero asunto que nos llevaba allí.

Y es que ¿cómo podíamos explicarle a Janina lo que se estaba cociendo en Teen World? Con sus antecedentes...

Migue fue quien llevó la voz cantante todo el rato. Habló por los codos. Le dijo que todos le quedaríamos muy agradecidos, pero que si no podía hacerlo lo entenderíamos y etcétera, etcétera, etcétera.

Yo, pese a que podía decirse que era el cerebro de la trama, apenas podía seguir la conversación. Me había sentado en la punta de un sofá de color verde botella de la época en que se inventó la rueda (la rueda y el sofá, supongo). Tenía una sensación rara. Algo que me recorría el cuerpo con insistencia, arriba y abajo, sin cesar. Sentía un intenso deseo de marcharme de allí. Pero Migue seguía charlando como una cotorra, ajeno por completo a mi malestar.

Finalmente, Janina le interrumpió con un gesto ambiguo de una de sus manos.

–No pasa nada. Puedo entrar en el chat sin temor a recaer. Y si es necesario para el buen funcionamiento del juego, lo haré. Aunque deberíais ser conscientes de que esos juegos son peligrosos –nos aconsejó, maternalmente.

–Bueno –dijo Migue–, todo depende de cómo...

Le pegué un codazo y se calló. Afortunadamente.

–Yo no tengo ordenador en casa. Iré a casa de una amiga con la que trabajo, y desde el suyo desactivaré a... a...

–¡Klar Pink! –rematamos Migue y yo a dúo.

Janina se había quedado callada; encerrada en un pensativo silencio.

–Claro –dijo por fin, recuperándose–. Lo haré. Y en cuanto lo haya hecho os mandaré un mensaje al móvil.

Y así quedamos.

Lo que ni Migue y yo vimos, lo que no oímos fue lo que hizo Janina tan pronto como nos hubimos marchado. Ahora, después de todo lo que ha pasado, es fácil de imaginar.

Janina debió de entrar a su habitación, esa que se mantenía fuertemente protegida tras una puerta cerrada, y se debió de conectar a su ordenador; ese que sí tenía en casa aunque ella dijera lo contrario.

Debió de conectarse a Teen World y debió de escribir algo parecido a esto:

«Acaba con ellos. ¡Malditos entrometidos!»

7

El silencio era tan espeso como la niebla que cubría el río de aquel lugar de pesadilla.

Ningún sonido se aventuraba a penetrar en las gruesas y húmedas paredes rocosas de la celda.

Ahora que había aprendido a llorar como una humana cualquiera, Black Soul no podía dejar de hacerlo. Parecía que llevara toda una vida llorando. La desolación se proyectaba en sus pupilas, como una sombra lúgubre. Y como no tenía nada mejor que hacer, empezó a pensar.

Aún estaba aturdida por la noticia que Klar Pink acababa de darle. Era cierta, sin duda. Presentía que Jack la había abandonado a su suerte. No sabía por qué lo sabía; pero lo sabía.

Ahora lloraba en silencio. Iba aprendiendo, rápidamente, las distintas fases del llanto.

Suspiró con vehemencia y se apartó con ira aquellas molestas lágrimas del rostro:

–¡Oh, Jack! No volveré a dirigirte la palabra nunca más... No...

Enmudeció. Pero ¿qué tonterías estaba diciendo? ¿Cómo podía pensar que volvería a ver a Jack?

Le volvió a subir un llanto escandaloso por la garganta.

Lloraba a gritos.

Un avatar no muere. No que ella supiera. En todo caso, desaparece cuando su correspondiente humano lo desactiva. O se queda solo, como esos rebeldes del demonio. Pero ¿acaso su destino no era peor que la muerte misma si la dejaban encerrada en esa celda para siempre? Sí, encerrada. Sin poder moverse. Sin ver la luz. Consumiéndose para siempre jamás o hasta que Laura, perdida toda esperanza de hallarla, la desconectara.

Se mordió el labio inferior. Si hubiera sido humana, le habría sangrado.

La cabeza le bullía llena de los más negros pensamientos. Y entonces, entre lamento y lamento, le pareció oír un murmullo. Era menos que un sonido. Solo una pequeña reverberación; la suma de algunos movimientos sonoros lejanos y, casi, imperceptibles.

Quizás nada.

Se levantó con el aleteo de una pequeña esperanza acariciándole el pecho. Apoyó las manos, la cabeza, en la dura roca. Solo se podía oír el silencio. Quizás la imaginación le estaba jugando una mala pasada.

Iba a dejarlo estar cuando, de pronto, una nueva ola sonora pareció agujerear la piedra. El ruido, ahora lo oía claramente, provenía del otro lado de la puerta.

Black se volvió hacia ella. Tenía los ojos fijos en la madera carcomida, y estaba preparada para saltar como un muelle si alguien intentaba entrar.

Los goznes crujieron y un pequeño haz de luz macilento penetró en la celda.

Sin esperar ni un segundo, Black saltó como una tortuga ninja hacia las sombras que penetraban en su encierro.

8

Nos dirigimos en silencio hacia el metro. Yo no hablaba porque aún seguía dándole vueltas a aquella sensación extraña que me había invadido en casa de Janina. Migue también caminaba encerrado en sus pensamientos. Fue él quien rompió el silencio.

–Bueno, pues ahora solo es cuestión de esperar.

–¿Tú crees?

–No sé; yo...

La tarde se había nublado y las calles, desiertas, no invitaban a pasear. De pronto, me pareció percibir algo detrás de nosotros. Y digo «algo» y no «alguien» porque tuve la impresión que una sombra sigilosa como un espectro nos seguía de cerca. El corazón me dio un vuelco y me detuve.

–¿Has visto eso?

–¿Qué? ¿Si he visto qué? Jolines, Laura, me has asustado.

–Es que yo también estoy asustada.

Los dos, parados en medio de la calle desconocida y solitaria, aguzamos los sentidos. Oía respirar a Migue, de una forma entrecortada y poco tranquilizadora.

–¡Vamos!; ahí, detrás de esa esquina está la entrada del metro.

Nos miramos y echamos a andar a grandes zancadas.

Y, en aquel instante, cuando aún no habíamos avanzado ni dos pasos, tanto Migue como yo pudimos oír claramente un zumbido, como el vuelo de un mosquito ampliado por un altavoz de gran potencia.

–¡Corre!

Lo intenté. Intenté correr y pude ver fugazmente cómo Migue huía de allí a toda velocidad. Pero algo viscoso e indefinible me cayó encima, y mis intentos de fuga quedaron en eso: en simples y fracasados intentos.

9

Una fuerza sobrehumana arrancó a Black Soul del suelo. Por mucho que gritó y pataleó, aquella sombra desconocida se la llevó en volandas. Black se debatía en balde en una lucha que tenía perdida, los ojos inyectados de rabia, y gritando de impotencia.

De esa guisa, atravesaron, ella y su raptor, pasadizos y túneles apenas iluminados, de tramo en tramo, por alguna antorcha humeante. Parecía que descendieran a los infiernos.

De pronto, la luz pareció hacerse más brillante y llegaron a una especie de túnel. La sombra depositó con sumo cuidado a Black en el suelo.

Ella, hecha un basilisco, arrancó la capucha que cubría el rostro del desconocido:

–Pero... ¿quién eres? Uno de esos avatares cobardes, ¿no? ¿Qué te has creído que soy, yo? ¿Un saco de patatas...? ¡¿JACK?!

–¡Diantre, Black! Me has dejado la espalda molida a golpes.

Black observaba a Jack con una expresión indefinible; como indefinibles eran sus sentimientos. ¿Debía de estar enfadada? ¿Feliz?

Quizás aquel no era el mejor momento para la reflexión. Se abalanzó sobre el avatar y, casi gritando, empezó a abofetearlo:

–¿Tú? Pero... ¡por todos los demonios! ¿Quién te has creído que eres? Primero me abandonas a mi suerte y ahora...

Jack agarró las dos manos de Black y las sujetó con fuerza.

–¿De verdad creías que te había abandonado?

–¿Y qué podía creer? ¿Dónde te habías metido, tonto?

Ahora que ya sabía de qué iba la cosa, Black dejó escapar un torrente de lágrimas de sus ojos. Jack la miraba extasiado. Avanzó, con timidez, un dedo y le enjuagó las lágrimas, conmovido.

Mientras de entre las sombras habían empezado a salir un buen número de figuras vestidas de negro y encapuchadas como Jack.

–Tu reacción fue valiente, pero inútil. Solo fui a buscar refuerzos.

Jack miró a su alrededor:

–Son avatares fieles a nuestra causa.

La voz de Charlotte Runny le llegó claramente desde un rincón en penumbra. Charlotte avanzó unos pasos y Black pudo ver su cara sonriente y decidida:

–Debemos luchar contra esos avatares y su absurda utopía. No debemos consentir que Teen World sea accesible a su maldad.

Charlotte hizo una pausa:

–¡Demonios! ¿Habéis oído lo bien que hablo?

Las risas de los avatares relajaron el ambiente.

–¡Bien! –dijo Jack–. No hay tiempo que perder. Debemos plantar cara a esos rebeldes y a su diarrea mental.

El grupo empezó a sumergirse entre las tinieblas de los subterráneos pasadizos del castillo. Black se acercó más a Jack y le susurró al oído:

–¿Te das cuenta de que aún somos muy pocos comparados con ellos?

La respuesta se hizo esperar. Por fin, Jack, también entre susurros, contestó:

–Esto es lo que tenemos. Y debe ser suficiente hasta que Laura y Migue hayan tenido tiempo de cumplir con su parte.

Jack y Black siguieron avanzando fuertemente cogidos de la mano.

10

Aquella cosa que me había parecido viscosa y fría como un sudario resultó ser un saco con el que mi secuestrador, o mejor dicho, mi secuestradora, me cubrió antes de meterme en el maletero maloliente de un coche que arrancó dando tumbos.

Por si mi cuerpo serrano no había quedado ya suficientemente maltrecho después del viajecito, fui sacada del maletero a empujones y arrastrada sin piedad hacia lo que, por el ruido, deduje que era un ascensor.

Luego me echaron en un colchón y me dejaron allí, como una longaniza envuelta en su propia piel, durante mucho, muchísimo rato.

Cuando ya creía que iba a morir asfixiada y ahogada en mi propio sudor, oí pasos. Alguien cortaba la cuerda con la que habían atado el saco. Alguien lo despegaba de mi cuerpo. Alguien me miraba.

–¡Janina!

–¿Te sorprende?

–A decir verdad... ¡no!

–Qué lista que es la mocosilla.

Me acercó un vaso de agua que vacié con avidez.

Luego me la quedé mirando a los ojos, antes de preguntarle:

–¿Se puede saber qué pretendes?

–Pero ¿no eras tan lista?

Callé. Hay ocasiones en que el silencio es la más digna de las respuestas.

Janina me miró con ojos de loca de atar y, por un momento, pensé que me iba a desmayar de miedo. Luego, pasó de mí, me olvidó y, clavando la mirada enloquecida en algún punto inconcreto del techo de la habitación, empezó a hablar:

–Yo era feliz en Teen World. Y todo el mundo quería que lo dejara, que dejara lo único que me ha hecho feliz en esta vida.

Janina se quitó la gorra y el pelo negro y con mechas rosas le cayó por la espalda como una cascada bicolor.

–Pero... –me atreví a decir–, tenías la música. Eras una buena concertista y... ¡hasta te habían dado una beca!

A Janina no pareció interesarle mi opinión. Un destello de aquella locura que habitaba en ella le iluminó diabólicamente la mirada. Pensé que calladita estaba más mona.

–¿La música? ¿Te refieres a horas y más horas de estudiar partituras? ¿De practicar sin fin? ¿De nervios? ¿De presión? Huyendo de todo eso me metí en Teen World. Creé mi avatar y descubrí...

Hizo una pausa y me miró. Los ojos, ahora, le brillaban de emoción.

–... Bueno, tú ya sabes lo que descubrí, ¿no es cierto, listilla?

Tragué saliva.

Nueva pausa. Inquietante pausa.

–Y tracé un plan.

–Un... ¿plan? –susurré.

–Aquel mundo era demasiado bonito para que continuamente lo mancillaran niñatos como tú. –Mirada asesina.– Niñatos en busca de diversión, que al cabo de dos días olvidan sus avatares y marchan en busca de nuevos retos cibernéticos. Debía hacer algo al respecto.

–Algo... ¿como qué? –dije, tragando saliva.

–Despertar el orgullo de todos esos avatares abandonados. Reunir un gran grupo. Convertir Teen World en un verdadero universo paralelo. Cuando lo consiguiera, yo, junto con mi avatar, viviríamos allí, para siempre. Ya no necesitaría disimular, ni someterme a terapia, ni...

Janina calló de golpe.

–Demasiada cháchara.

Janina se me acercó con intenciones no muy claras. Los pensamientos cabalgaban como caballos desbocados por mi cabeza. No sabía qué pretendía hacer conmigo aquella loca. Solo sabía que aquello iba a acabar muy, pero que muy mal si no actuaba deprisa.

Mientras Janina hablaba, había ido observando la habitación en donde nos hallábamos. No había mucha cosa, la verdad. La decoración de interiores no era el fuerte de Janina. Solo una estantería con algunos trofeos y premios de su época de pianista. No me lo pensé.

Me volví como si me fuera en ello la vida, quizás me iba en ello la vida, y le aticé con uno; uno de los más pequeños. Tampoco tenía ganas de cargármela.

Janina cayó al suelo como un melón maduro y yo eché a correr como alma que lleva el diablo.

Al salir a la calle, choqué frontalmente con alguien que iba tan acelerado como yo.

–¡Migue!

–¡Laura! ¿Estás bien?

Un policía nos ayudó a desincrustarnos, nos levantó del suelo y se dispuso a subir al piso de Janina a pedir unas cuantas explicaciones.

11

Un rato después, y mientras la policía registraba la casa e interrogaba a Janina, que sujetaba una bolsa de hielo encima del chichón que adornaba su cabeza, Migue y yo intercambiábamos impresiones.

–¿Y cómo has sabido...?

–Bueno, no era tan difícil imaginar que Janina era quien nos seguía –aclaró Migue–. Mientras estuvimos en su casa, tuve una sensación extraña. Como...

–Como si algo no funcionara bien...

–Como si un peligro estuviera esperándonos detrás de la puerta...

–¡Como si faltara aire! –dijimos al fin los dos a la vez.

Nos miramos y sonreímos.

–Así que tú también lo notaste –dije, y creo que mi sonrisa dejó al descubierto hasta el último y más escondido *bracket* de mi boca.

–Pues claro.

–Yo pensé que... que tú no te habías dado cuenta.

–Cuando salimos estaba preocupado. Y cuando me di cuenta de que nos seguían, aún lo estuve más. Entonces, algo, alguien se nos echó encima y apreté a correr. Cuando llegué al metro y vi que no estabas... ¡Bueno!, para qué te voy a contar; por poco me da un ataque. Saqué el móvil y llamé a la policía. Se presentaron al cabo de poco y...

Un policía interrumpió nuestra charla.

–A ver, señorita. Debo tomarle declaración. Después podrá poner la denuncia.

Migue y yo intercambiamos una mirada inteligente. A esas alturas de nuestra extraordinaria aventura, ya casi no nos hacía falta hablar para ponernos de acuerdo. Levanté la voz para que Janina, que estaba en la habitación de al lado escoltada por otros dos policías, pudiera oírme sin dificultad:

–Le va a caer un buen puro, ¿no?

El policía abrió mucho los ojos y me miró.

–¿Le puedo pedir un favor, señor poli?

12

—Tenemos que ir subiendo con cautela –dijo Jack Sparrow dirigiéndose a su pequeño grupo–. Pronto alcanzaremos la puerta por donde hemos entrado a los subterráneos. Desde allí, debemos ir hacia esa especie de sala del trono donde se reúnen los avatares rebeldes. La única ventaja con la que contamos es el factor sorpresa.

–Una ventaja muy pequeña –se lamentó Black.

Se oyeron algunos suspiros. Lamentos, casi.

Jack parecía inmune al desánimo.

–Si conseguimos sorprenderlos tendremos una oportunidad de reducirlos. Vosotras dos, Black y Charlotte, tendréis que entrar, mientras distraemos al resto del personal, y reducir a la abeja reina.

–A Klar Pink.

–¡Ay, madre!; pero ¿dónde me he metido? –se quejó Charlotte.

–Mientras nosotros distraemos a los otros avatares, vosotras vais directamente por Klar Pink. Si conseguís reducir a la líder tendremos algo con lo que negociar. ¿De acuerdo?

Black buscó los ojos de Jack entre las penumbras de aquel túnel.

–¿No hay plan B?

–No.

Vacilantes, abstraídos en sus pensamientos y en sus miedos, el grupo avanzó hacia la puerta que los conduciría a la planta noble del castillo.

–Hemos dejado centinelas en la puer...

Jack no pudo terminar lo que iba a decir. La luz amarillenta de una antorcha les acababa de mostrar el desastre. Los avatares que se habían quedado guardando la puerta habían desaparecido.

–¡No están! –exclamó un avatar.

Jack se abalanzó hacia la puerta.

–Está cerrada. ¡La han cerrado!

De pronto, un rumor, una especie de zumbido como si miles de murciélagos volaran entre las sombras, los paralizó y les llenó de horror.

Los avatares rebeldes se hicieron visibles, rodeándoles. Cualquier intento de lucha, de resistencia, resultaba casi cómico.

Una voz conocida emergió de las sombras. Era Depredador:

–Nos vais a acompañar por las buenas, ¿no?

No hubo más remedio. El plan había fallado. Los acompañaron por las buenas por un laberinto de pasadizos hasta llegar a la sala del trono que presidía Klar Pink. Su voz chillona les dio la bienvenida.

–¡Vaya!, tenemos visita.

–No te saldrás con la tuya –le escupió Black a la cara. Le ponía de los nervios aquel avatar con pinta de chicle de fresa.

–¿Ah, no? Pues yo diría que sí, querida. Vamos a deshacernos de vosotros de una vez por todas. Nuestra fortaleza está a punto de convertirse en lo que tanto hemos soñado.

Se puso en pie y adoptó una actitud teatral:

–¡Un mundo habitado por avatares libres de ataduras!

Un gran griterío acompañó las palabras de la reina rosa.

Ella, majestuosa, descendió los peldaños del trono donde se sentaba.

–El primer paso es deshacernos de vosotros. De todos vosotros –dijo, señalándolos con sus dedos de largas uñas rosa–. Ya habéis tenido vuestra oportunidad y la habéis desaprovechado.

Black adoptó una actitud un tanto chulesca dadas las circunstancias:

–¿Y puede saberse cómo se deshace un avatar de otro avatar?

–Es muy fácil. De hecho, querida, tú ya has probado un poco de esa medicina.

Black se puso en alerta.

–Os dejaremos encerrados a perpetuidad.

Una carcajada resonó por la sala.

–Desapareceréis del mapa. Se olvidarán de vosotros. Os esfumaréis en medio del mayor y más terrible de los tedios, de la desesperación.

Klar Pink guardó un estudiado silencio.

–¿Qué os parece?

Jack y Black intercambiaron una mirada. No eran necesarias las palabras. A buen entendedor...

De un brinco, los dos avatares se lanzaron al unísono hacia Klar Pink. El desbarajuste que esta acción desencadenó fue descomunal. De pronto, en aquella sala del trono de opereta, se desató una lucha a muerte.

13

Nos sentamos junto a Janina, que apretaba la bolsa de hielo sobre su maltrecha cabeza y nos miraba con odio.

Ese era el favor que le había pedido al policía antes de que me tomaran declaración. Quería, queríamos hablar con Janina. Quizás debiera decir que queríamos negociar con ella.

–Te va a caer un buen puro si declaro que me metiste en un saco y me encerraste.

–Eso es secuestro –añadió Migue–. Y tú eres mayor de edad. Vas a ir una buena temporadita a la cárcel.

–¡Niñatos! –escupió ella, los ojos enrojecidos de rabia.

–Bueno, tal vez solo vaya a un manicomio –me apresuré a añadir–. Eso sí, por una larga temporada.

La palabra *manicomio* pareció poner en marcha algún resorte escondido en el interior de Janina. Se le humedecieron los ojos. Tenía miedo. Lo aprovechamos.

–Claro que siempre puedo declarar que de secuestro nada. Que todo ha sido un malentendido.

–¡Ah, claro! –exclamó Migue–. Pues quizás entonces todo quedaría reducido a unos meses de tratamiento y...

–¡Basta ya! ¿Qué queréis? Va, cantad de una puñetera vez.

–Debes deshacerte de Klar Pink. Desconectarla.

–¡Jamás!

–Vale.

Me levanté y abrí la puerta para llamar a la policía.

–¡Espera!

La volví a cerrar. ¡Cuánto trabajo nos estaba dando Janina!

–No puedo hacer eso.

Una lágrima le resbaló por la mejilla.

–Es todo cuanto tengo. Es mi vida.

–En eso te equivocas. Tu avatar es, precisamente, lo que no te deja vivir.

Me apresuré a rematar el clavo de la duda que Migue había empezado a clavar en el corazón de Janina.

–Tienes una vida por delante. Tu familia. Harás amigos en cuanto decidas salir de casa. Debes probar a superar tus miedos.

Los labios de Janina temblaban.

–Solo es un juego, Janina. De verdad.

–¿Y la magia? ¿No significa nada esa magia que hay en el juego?

–No, si la usas en tu contra.

–Si la usas mal, no es magia. Solo es...

–... una gran equivocación.

Janina agachó la cabeza y exhaló un gran suspiro. Se levantó y se acercó al ordenador. Lo encendió. La pantalla parpadeó. Pinchó en el icono del juego y salió una solicitud de acceso.

En unos segundos, Janina había accedido al menú de opciones de su juego. Estaba delante de su avatar. Solo tenía que apretar *Delete.*

–Hazlo.

Lo hizo.

14

De pronto, Klar Pink, que se batía en duelo a muerte con Black, desapareció.

–Pero... ¿qué demonios?

Black casi no pudo acabar la pregunta y, sin salir de su asombro, se vio teletransportada por los aires.

Todo fue muy rápido. Demasiado rápido para poder comprender lo que estaba pasando.

Después de un violento aterrizaje, Black se levantó del suelo. Estaba en la pantalla de salida junto a los otros avatares, que, tan sorprendidos como ella, se iban levantando entre exclamaciones y preguntas.

–¡Lo han conseguido! –gritó alguien a sus espaldas. Era Jack.

Y Black comprendió.

Soltó un profundo suspiro de alivio antes de decir, a voz en grito:

–¡Chicos!, el jueguecito ha terminado. Klar Pink ha desaparecido y su mundo detrás de ella. El sueño, o la pesadilla, ha finalizado. Volved a ser lo que erais. Avatares de un juego.

Hubo unos momentos de consternación y de un espeso silencio. Algunos avatares se volvieron a mirar a Dragonfly, que de pronto se había convertido en la heredera de la reina desaparecida.

Pero ella, con gesto arisco, dijo:

–Ya sabía yo que esto iba a terminar mal. Esa loca de Klar Pink y sus delirios de grandeza. Yo me largo...

Y emprendió el vuelo. Ese gesto provocó una desbandada general. Los avatares fueron marchando. Si hubieran tenido rabo, se podría haber dicho que se iban con el rabo entre piernas.

En la pantalla de salida solo quedaron Jack, Black y su pequeño grupo.

–¿Te das cuenta, Jack? Laura y Migue lo han conseguido.

–Sí. Han borrado a Klar Pink y, con ella, ha desaparecido su horrible ciudad.

–Entonces ¿todo vuelve a ser como antes? –preguntó Charlotte, ansiosa.

–¿Como antes? –susurró Black. Y sonrió–. No. Creo que ya nada será como antes.

–Chicos, debemos ir a Full Board. Quizás Laura y Migue intenten dar con nosotros. Y estoy seguro de que se dirigirán hacia allí.

–Sí –dijo Black sin dejar de sonreír–. Nos deben un montón de explicaciones.

–Y nosotros les debemos un montón de gracias.

Jack tomó la mano de Black:

–¿Te apetece un vuelecito a mi lado?

15

Llevábamos un montón de tiempo conectados a Teen World. Las explicaciones vinieron primero. Todos queríamos hablar a la vez. ¡Qué lío!

Una vez nos hubimos contado nuestras respectivas aventuras y los chicos se hubieron colgado unas cuantas medallas (cómo les gusta presumir), abrimos un debate sobre el futuro del mundo virtual.

–Yo creo –dijo Migue, tomando la voz cantante como siempre– que esto ha servido para que nos diésemos cuenta de que Teen World puede funcionar solo.

–¿Qué quieres decir? –preguntó Jack acercando la nariz a la pantalla. Se veía cómicamente grande.

–Ha sido como una lucha del bien contra el mal.

–¡Qué poético!

–Y ha ganado el bien –apuntó Black.

–Cada vez funcionáis con más autonomía, de una manera más humana...

–¡Yo lloré lágrimas de verdad! –exclamó Black, aún sorprendida e incrédula.

–Es cierto –la apoyó Jack.

–Podéis vivir sin nosotros.

Cuando Migue acabó de decir estas palabras se hizo un silencio muy espeso; muy grande. Cada uno se encerró en sus pensamientos. Sacó sus conclusiones. Yo también saqué las mías.

–Yo tampoco os necesito.

Miré a Migue.

–Quise decir tanto como antes.

Jack y Black, sentados en uno de los sofás del local social, muy juntos, se dieron las manos.

–Creo que tenéis razón –dijo Jack–. Esto debe de haber pasado por algún motivo.

–Creo que todos hemos aprendido algo –añadió Black.

Migue miró su reloj y dio un brinco:

–¡Jolines! Como no espabilemos, vamos a llegar tarde al cine, Laura.

Y, dirigiéndose a los avatares, añadió:

–Chicos, nos vemos de vez en cuando y hablamos, ¿vale?

Black se levantó y se dirigió a mí:

–¿Nos podéis dejar a solas, a Laura y a mí? Solo será un momento.

Migue resopló y dijo, sin dejar de mirar su reloj:

–Pero no tardes.

Black y yo nos quedamos solas, cara a cara; cada una en su mundo.

–Chica –me dijo–. Te va a quedar una sonrisa preciosa en cuanto te quiten los *brackets*.

–¿Tú crees?

–Pues claro. Casi como la mía.

–¡Oh! Eres una presumida.

Black se echó a reír. Realmente, tenía una sonrisa preciosa.

–Ahora en serio. Cuida mucho de Migue. Y de eso que está naciendo entre vosotros.

–¿Cómo? ¿De qué?

–Eres boba, chica. Migue está enamorado de ti.

Me puse roja como un tomate y el corazón se me desbocó. Intenté controlar la voz y no tartamudear. ¡Qué patético!

–No digas bobadas. Y tú, ¿cómo lo sabes?

–Pues por cómo le brillan los ojos cuando te mira y por...

–Para, para y no te embales.

–Y tú, tú también estás enamoradilla, ¿no?

–Bueno, yo...

Desde el piso de abajo llegó un grito:

–¡Lauraaaaaa...!

–Ahora tengo que irme –dije–. Me espera Migue. Vamos al cine, ¿sabes?

–Ya.

–Blackie... gracias por todo.

Y apagué el ordenador.

Índice

Núria Pradas

Núria Pradas Andreu nació en 1954 en el barrio barcelonés del Poblenou, muy cerca del mar; pero actualmente vive al pie de Montserrat, en Sant Esteve Sesrovires.

Estudió Filología catalana y enseguida empezó a trabajar haciendo lo que más le gustaba: enseñar, tarea a la que dedicó bastantes años de su vida profesional. Comenzó a escribir por curiosidad y porque hacía teatro con sus alumnos y necesitaba obras para representar. Del teatro pasó a la novela, y desde entonces no ha parado. Ha escrito una cuarentena de obras y también ha ganado algún premio, como el Carlemany 2012.

Cuando alguien le pregunta por qué escribe, ella siempre contesta lo mismo: «Ahora no podría hacer otra cosa. Todavía tengo muchas historias por contar.»

Bambú Grandes lectores

Bergil, el caballero perdido de Berlindon
J. Carreras Guixé

Los hombres de Muchaca
Mariela Rodríguez

El laboratorio secreto
Lluís Prats y Enric Roig

Fuga de Proteo 100-D-22
Milagros Oya

Más allá de las tres dunas
Susana Fernández Gabaldón

Las catorce momias de Bakrí
Susana Fernández Gabaldón

Semana Blanca
Natalia Freire

Fernando el Temerario
José Luis Velasco

Tom, piel de escarcha
Sally Prue

El secreto del doctor Givert
Agustí Alcoberro

La tribu
Anne-Laure Bondoux

Otoño azul
José Ramón Ayllón

El enigma del Cid
Mª José Luis

Almogávar sin querer
Fernando Lalana, Luis A. Puente

Pequeñas historias del Globo
Àngel Burgas

El misterio de la calle de las Glicinas
Núria Pradas

África en el corazón
M.ª Carmen de la Bandera

Sentir los colores
M.ª Carmen de la Bandera

Mande a su hijo a Marte
Fernando Lalana

La pequeña coral de la señorita Collignon
Lluís Prats

Luciérnagas en el desierto
Daniel SanMateo

Como un galgo
Roddy Doyle

Mi vida en el paraíso
M.ª Carmen de la Bandera

Viajeros intrépidos
Montse Ganges e Imapla

Black Soul
Núria Pradas

Rebelión en Verne
Marisol Ortiz de Zárate

El pescador de esponjas
Susana Fernández

La fabuladora
Marisol Ortiz de Zárate

¡Buen camino, Jacobo!
Fernando Lalana

La Montaña del Infierno
Marisol Ortiz de Zárate